DIE TAGE AM WORTSEE

Peter Heinl

DIE TAGE AM WORTSEE

THINKAEON

www.thinkclinic.com

drpheinl@btinternet.com

Twitter: @DrPeterHeinl und @Thinkclinic

Facebook: peter.thinkclinic und thinkclinic

LinkedIn: Peter Heinl

Xing: Peter Heinl

Gestaltung und Umsetzung: uwe kohlhammer

Umschlagabbildung: Peter Mittmann

Ein Wort, ein Satz -: aus Chiffren steigen …

Gottfried Benn

Dida

unvergessen

in großer Dankbarkeit

gewidmet

I

Mit der für ihn völlig unvermutet aufgetauchten Idee, einen Roman zu schreiben, hatte sich Ferdinand T an seine Schreibmaschine gesetzt, um die Verwirklichung dieser Idee in Angriff zu nehmen. Einige Stunden zuvor war er aufgewacht und davon ausgegangen, dass der ihn erwartende Alltag wie immer als eine Mischung mehr oder minder gestaffelter Unwichtigkeiten auf ihn zukommen und ihn dann durch den Ablauf der Stunden ziehen würde, die an seinem Ingenieurszeichentisch, nur unterbrochen durch einige Telefonate und kurze Sachgespräche, vorübergleiten würden, und dann war ihm, als er sein inzwischen schon leicht über ein halbes Jahrhundert altes Gesicht im Spiegel sah, plötzlich und mit leicht erschreckender Intensität der besagte Gedanke gekommen, einen Roman zu schreiben. Dieser Gedanke, der mit der Kraft eines schwirrenden Pfeils in seinem Inneren aufgetroffen und auch mithilfe rationaler Überlegungen nicht mehr aus seinem Bewusstsein zu entfernen war, hatte ihn im Verlauf seines üblichen Frühstücks, das über die Einnahme einer Tasse Filterkaffee und einer dünn mit Butter und Honig bestrichenen Scheibe Toast nicht hinausging, dazu bewogen, und ihm im Grunde genommen keine Alternative gelassen, sich – gewissermaßen von dem überraschenden Einfall getroffen, nachgerade verwundert und vielleicht sogar wie verwundet empfindend – dazu durchzuringen, seinen für heute geplanten Alltag abzusagen, das heißt genauer gesagt, die im Rahmen dieses Alltags sich voraussichtlich entwickelnden Beschäftigungen.

„Seltsam", sagte er an sich gewandt, „eigentlich wollte ich heute nichts anderes tun, als wie immer aufzustehen, mich kurz zu duschen, mich, um pfleglich auszusehen, zu rasieren, in meine Kleidungsstücke zu schlüpfen und nach dem Frühstück und einem kurzen Blick in die wie immer mit eher unerfreulichen Nachrichten gespickte Zeitung mich auf den Weg in mein Büro zu machen. Ich würde gegen neun Uhr durch die Drehtür in das Büro gelangen und einige Minuten später, sofern ich nicht durch ein besonders dringendes Telefonat schon in der Tür aufgehalten würde, an meinem Zeichentisch sitzen, der mir so vertraut geworden ist, weil er sich seit zwanzig Jahren nicht verändert hat – immer in dem gleichen Neigungswinkel aufgestellt; am Morgen eher im Dunkeln stehend, aber mit Ablauf des Tages und aufgrund der in Relation zur Sonne fortschreitenden Erdumdrehung zunehmend ins Licht rückend, bis er sich dann am Abend mit einer sehr leichten, orangenen Tönung vom Tag verabschieden würde. Und wie immer würde ich in leicht gebückter Haltung vor diesem Zeichentisch sitzen, der seit zwanzig Jahren die Quelle meines Broterwerbs

und meines berufsständischen Ansehens gewesen ist, und

mich meinem Beruf widmen: gerade, gezackte, krumme,

kreisförmige und elliptische Linien aufzeichnen und aus

dem Wirrspiel dieser Linien ein Design entstehen lassen,

das hoffentlich die Billigung des Büroinhabers und der

Kunden, die den Auftrag gegeben hatten, finden würde.

Aber jetzt war mir dieser Einfall gekommen,

einschlagend mit der Wucht eines Meteors, einen Stock

zwischen die Speichen meines sich erwartungsgemäß

vorwärts drehenden Alltags schleudernd, der mich in eine

Verfassung brachte, die mir keine Alternative ließ, als

alles andere kurzfristig abzusagen, um dieser Idee, deren

geradezu zwanghafter Charakter mir keine andere Wahl

ließ, als ihr zu folgen." Und so saß Ferdinand T in der

Frühe dieses Morgens inmitten der Scherben eines durch

den Aufprall einer unerwarteten Idee in tausend Stücke

fragmentierten Alltags, nichts anderes in der Hand habend als die Idee, die in ihrer Eigenmächtigkeit das Naturell einer fixen Idee ausstrahlte.

In der Tat war es so, dass Ferdinand T über nichts anderes als diese Idee verfügte, was ihm in beängstigendem Maß bewusst wurde, als er das in zurückhaltendem Beige gehaltene Muster seiner Tapete an seinen Augen vorüberziehen ließ. „Es ist nicht nur schlimm, dass mich diese Idee aus dem Fluss des Alltags, sofern für den eher stereotypischen Charakter des Alltags diese Bezeichnung angemessen ist und man vielleicht besser von Kanal sprechen sollte, herauszieht, oder vielleicht noch adäquater beschrieben, wie einen Fisch an der Angel herausreißt, sondern mir auch nicht die entferntesten Hilfsmittel zur Verfügung stellt, um mir bei der Verwirklichung dieser Idee zu assistieren. Ich bin doch Ingenieur", sagte er sich mit einer Verwunderung, in der Obertöne an Verzweiflung so sachte mitschwangen wie in einem Mozart Divertimento Anflüge von Traurigkeit, „und doch fällt diese fixe Idee über mich her, ja, überfällt mich in geradezu raubritterhafter Manier und zwingt mir die Verwirklichung eines Romans auf. Ich habe doch noch nie einen Roman geschrieben.

Ich bin kein Schriftsteller. Ich wollte auch kein Schriftsteller werden, sonst hätte ich Sprachen studiert und das Schreiben entsprechend geübt, wie ich in meinem Beruf mein Handwerk erlernt habe, und würde, ähnlich wie in meinem Beruf, seit zwanzig Jahren an meinem Schreibtisch gesessen haben, um schriftstellerisch tätig zu sein, wobei der Begriff des Schriftstellers vielleicht insofern irreführend ist, als die Schrift nicht aufgestellt wird, wie mein Zeichentisch aufgestellt wird, sondern sozusagen im Liegen entsteht. Denn die Buchstaben und Worte kommen liegend auf das Blatt, was vielleicht müheloser klingt als das Stellen von Worten und Zusammensetzen von

Sätzen, so wie Gerüste aufgebaut werden. Aber vielleicht hat der Begriff des Schriftstellers damit zu tun, dass sich der betreffende Schriftlegende im Sitzen den Worten und dem Sinn, den diese Worte verkörpern, stellt. Und dies ist wohl auch keine so leichte Aufgabe. Aber dieser Gedanke", sagte sich Ferdinand T, „kam mir gerade so, und ich habe auch darüber noch nicht nachgedacht und möchte mich auch nicht laut hierzu äußern. Es ist eben nicht mein Beruf und hat mit den vielen Linien, die ich über das Papier ziehe, und es müssen wohl im Lauf einer zwanzigjährigen Tätigkeit schon einige Kilometer an Linien gewesen sein, die ich gezogen habe, und vielleicht würden sie schon eine durchgehende Linie entlang des Äquators beschreiben können, nichts zu tun. Nein, es hat wirklich nichts damit zu tun. Ein solches Design zu erstellen, im Auftrag einer gewissen Kundschaft und sozusagen unter der wohlwollenden Kontrolle des Bürovorgesetzten, hat nichts mit einem Roman zu tun. Natürlich habe ich Romane gelesen, schon deshalb, weil ich es im Zuge meiner Streifzüge durch die Schuljahre tun musste. Den einen oder anderen habe ich sogar mit Spannung gelesen, auch Romane über geschichtliche Ereignisse und über Entdeckungsreisen. Aber im Wesentlichen waren dies Erfahrungen, die mithilfe langer Ausführungen Zugänge zu teilweise neuen, sogar rätselhaften Welten eröffneten, welche für den Fortschritt meiner Erziehung teilweise förderlich, teilweise nicht gerade förderlich, wenn auch nicht hemmend, waren. Andererseits blieben diese Dinge sozusagen links liegen, wie eben vieles einfach links liegen geblieben war."

„Ich kann mich nicht erinnern", sann Ferdinand T weiterhin seinen die Tapete auf- und abwandernden Gedanken nach, „jemals in Aufsätzen in irgendeiner Form geglänzt zu haben. Mein Stil war nie sonderlich atemberaubend, sondern schwamm im Kielwasser der Mittelmäßigkeit dahin. Zwar hatte ich keine besonderen Probleme mit der Orthografie, was in Anbetracht der Merkwürdigkeiten der deutschen Sprache keine geringe Leistung ist, denn das Unrecht, das mithilfe seltsam und irrational zusammenbuchstabierter Worte, vor allem an kleinen Kindern, ausgeübt wird, wird nur mühsam durch den Begriff der Rechtschreibung kaschiert, weshalb es vielleicht Richtigschreibung heißen sollte, und", hier leistete sich Ferdinand T einen kleinen, gewagten Vorstoß in der lautlosen Welt seiner Gedanken, „weshalb man vielleicht auch von Richtigstaat anstatt von Rechtsstaat sprechen sollte." Aber dieser Gedanke war so gewagt, dass ihn Ferdinand T sofort wieder zurückzog und am liebsten ungedacht gemacht hätte, auch wenn er bald einsehen musste, dass ihm dies genauso wenig gelingen würde, wie es ihm gelingen würde, seine eigenen Ohren zu sehen oder den Einfall, der am heutigen Morgen die stille Alm des Alltags überfallen hatte, aus seinem Bewusstsein zu retuschieren. In seinem Büro hätte der Griff zu einer Substanz namens Tipp-Ex schnell die Entgleisung einer Linienführung in den Bereich des Unsichtbaren entführt, aber in seinem Inneren herrschten offensichtlich andere Gesetze, die in der Unerbittlichkeit ihres Wirkens weder durch Filterkaffee noch durch das Abzählen sinnloser Muster an der Tapete zum Einlenken zu bewegen waren.

„Ja", spann Ferdinand T seine Überlegungen weiter, „während meiner Schulzeit habe ich hin und wieder mit roter Tinte den Vermerk erhalten, das Thema verfehlt zu haben. Ich war dann wohl abgeschweift oder hatte das dem Thema zugrunde liegende Problem nicht schürfend genug erfasst oder einfach den roten Faden nicht beharrlich und systematisch genug verfolgt, wobei mir oft genug nicht klar war, was eigentlich der rote Faden war. Denn ich habe", so

erinnerte sich Ferdinand T, „den roten Faden einfach vorher nie sehen können. Ich denke, bei genauerem Hinsehen
verfügte mein Deutschlehrer wohl über rote Tinte, aber
woher wusste er eigentlich so genau, was der rote Faden
war? „Eigentlich", und Ferdinand T wunderte sich nun
selbst darüber, dass ein neuer Gedanke zu einem Thema
aufkam, das ob seiner Bedeutungslosigkeit schon längst
hätte vergessen sein sollen, „eigentlich ist es merkwürdig,
dass ich nie vorher bei diesen Aufsätzen in dem Klassenraum
des ehrwürdigen Gymnasiums", dessen Gemäuer sogar
einen Bombenangriff überstanden hatten und eine gewisse
Bedeutsamkeit als Hoffnungsträger für die Aspirationen
der Jugend der Stadt verkörperten, in der Ferdinand T
aufgewachsen war, „eigentlich ist es merkwürdig, dass ich
Aufsätze schreiben konnte, ja überhaupt anfangen konnte
oder", um eine damals übliche Redewendung aufzugreifen,
„in Angriff nehmen konnte, ohne vorher zu wissen, wie und

wo der rote Faden verlaufen würde und ob dieser jemals die Höflichkeit haben würde, mich durch seine Präsenz zu beehren.

Ich kann mich nicht erinnern, dass mich das Schreiben von Aufsätzen sonderlich gereizt hätte. Vielleicht war ich eher dem Typus eines Nichtsprachlichen zuzurechnen, so wie es konstitutionell eher dünn und eher kräftig gebaute Menschen gibt, und namhafte Gelehrte viel Zeit darauf verwendet haben, noch andere Untertypen zu differenzieren. Es war jedenfalls so, dass die Sprache nicht mein Element war.

Daher fehlte wohl auch den Worten, dem Fluss der Darstellung jenes unnachahmliche Flair, das so schwer zu definieren ist und das den Dichter von demjenigen unterscheidet, der vielerlei Mühe darauf verwenden muss, eine Geschichte zu konstruieren, und dann doch irgendwie die Lötstellen nicht aus der Welt schaffen kann, über die der Zug der Erzählung ebenso holpert wie die Eisenbahn über ihre Gleise."

Ferdinand T konnte sich nicht erinnern, dass ihm das Schreiben von Aufsätzen, das gemeinhin als Test für den Umgang mit dem Element der Sprache im späteren Leben angesehen wird, leicht von der Hand gegangen wäre. Talent, jene so schwer definierbare und vom Parfum der Muse getränkte oder zumindest betropfte Eigenschaft – hierüber verfügte er mit ziemlicher Gewissheit nicht. Weil er über ein solches nicht verfügte, vermochte er es auch nicht zu vermissen, und so war es vielleicht vom Schicksal gnädiger bestellt, nicht unter dem Joch eines Talents leiden zu müssen, sondern über zwanzig Jahre die Pflugschar des Alltags linear und hin und wieder kreisförmig durch das Erwachsenenleben zu ziehen und sich über das Phänomen Sprache nicht den Kopf zerbrechen zu müssen, genauso wenig, wie er sich den Kopf darüber zerbrechen musste, ein Tonkünstler zu sein, der mithilfe eines Repertoires an Geräuschen ein Spektrum an Gefühlsschwingungen zu erzeugen vermag.

Über welche Themen musste nicht geschrieben werden! Es war noch zu verkraften, wenn gewisse Aspekte eines Lesestücks wie die einer Novelle oder eines Theaterstücks einer Untersuchung zu unterziehen waren, und vielleicht hier und dort auch die unmaßgebliche Meinung seiner selbst, eines damals pubertierenden Schülers zum Ausdruck gebracht werden durfte, so als stünde der kleine David eines Ferdinands, der damals in Widerspiegelung seiner Körperkürze mit dem Kürzel Ferdi bedacht wurde, ja, so stand dieser kleine Ferdi, der noch nicht einmal eine richtige Schleuder in der Hand hatte, sondern nur seinen kratzigen Füllfederhalter, und stand im Angesicht des Goliaths eines Goethe, der schon lang verstorben war und doch so mächtig am Literatenhimmel weiter schien, als lebte er noch heute. Und sollte – und dies war eine Aufgabe, die zu erfüllen er, der Ferdi, gezwungen war – seine persönliche Meinung zu einer Goethe-Geschichte abgeben; zudem dadurch belastet, ob er, der kleine Ferdi, damals im Grunde schon eine wirkliche Person war, denn er war noch lange nicht achtzehn Jahre alt.

So trat diese Zeit wieder näher an Ferdinand T heran – auch in einem Stil der Entfremdung, der es ihm schwer machte, den roten Faden der Kontinuität zu einem Menschen herzustellen, der er einmal gewesen sein musste, obgleich er damals noch Ferdi hieß und ganz verheißungslos seine Aufsätze schrieb, immer wieder bemüht, dem Phänomen des roten Fadens nachzustreben.

„Nur einmal, und das muss wohl gewesen sein, als ich vielleicht fünfzehn oder sechzehn Jahre alt war, hat mich ein Thema gepackt, da habe ich einfach drauf losgeschrieben, das war, als ich mir, wie immer, unter drei

Themen eins auswählen konnte. Das, für welches ich mich entschied, handelte von einem Entdecker. Er lebte vor einigen Jahrhunderten, genau gesagt im Mittelalter, und er war der erste Mensch, der damals die Welt umsegelte. Er hieß, daran erinnere ich mich genau, Ferdinand Magellan.

Er stach mit einer kleinen Gruppe von Segelschiffen, ich glaube, es waren nicht mehr als vier oder fünf, in See. Damals war man wohl zu dem Schluss gekommen, dass die Erde tatsächlich rund, das heißt kugelförmig, also ein Globus sei, und er, Ferdinand Magellan, musste es sich in den Kopf gesetzt haben, beweisen zu wollen, dass, wenn die Erde schon rund war, man sie auch auf dem Meerweg müsse umfahren können. Er muss wohl", dachte sich Ferdinand T, „fest an diese Idee geglaubt haben, dass er sie so zielstrebig, und ohne dass dies jemals ein Mensch vorher durchgeführt hätte, einer Verwirklichung zuführen konnte. Mehr als einige Schiffe auf dem unendlichen Meer und diese

Idee im Kopf hatte er wohl nicht und über sich die blauen Nächte und die Sterne, und dann ist er losgefahren und zu allem Ungemach noch vor dem Ende der Weltumseglung, die dann von seinen überlebenden Mitfahrern erfolgreich abgeschlossen wurde, umgekommen. Aber er hat gewusst, so stelle ich mir vor, dass, als er im Sterben lag, seine Idee verwirklicht worden war, auch wenn sein Leben vorher gewaltsam beendet worden ist."

„Und das", so erinnerte sich Ferdinand T mit einer Nachdenklichkeit, die von einem Wölkchen melancholischer Rückschau betupft war, „war wohl das einzige Mal in meiner ganzen Gymnasialzeit, wo mir das Schreiben eines Aufsatzes Spaß gemacht hat, weil es mir so leicht von der Hand ging, so, als segelten die Worte wie von einem Wind getragen über das Papier, als dächten sie in ihrer Lebendigkeit von selbst, wie auch die Winde und die Wellen von allein zu immer neuen, spielerischen

Formen des Ausdrucks finden. In diesem kleinen Aufsatz, der nun schon viele Jahre zurückliegt, sprudelte etwas aus mir hervor und führte meine rechte Hand, so zielstrebig, als schriebe ich einen Bericht, den mir jemand diktierte – vielleicht einer der Mitfahrer des Ferdinand Magellan? Für diesen Aufsatz, der mir wie von einer Stimme aus längst verwehten Zeiten zugespielt worden war, habe ich auch eine gute Note erhalten.

Es war eine Zwei, was im Rahmen der damaligen Bewertungen eine gute Leistung bedeutete. Es hätte", sagte sich Ferdinand T, „keine Eins, also eine ausgezeichnete Leistung sein können, da es mir an dem notwendigen Sprachtalent mangelte. Aber es störte mich nicht. Das Merkwürdige war, dass es mich auch nicht gestört hätte, wenn es nur eine befriedigende Leistung gewesen wäre. Wie dieser Aufsatz damals entstanden ist, war mir das Schöne und irgendwie spielten die Noten keine Rolle. Ich hätte es auch niemandem erklären können. Aber es ist mir

unvergessen geblieben."

Ohne zu wissen, warum er auf diese Geschichte,

die vielleicht bei nüchterner Betrachtung als eine

Sentimentalität hätte bezeichnet werden können, gestoßen

war, befand sich Ferdinand T noch immer in einem

Zustand der Verwunderung, ja, Verblüffung, deren Tönung

inzwischen zusätzliche Schattierungen angenommen hatte.

War er noch beim Aufstehen von der Idee, einen Roman

zu schreiben, geradezu überwältigt gewesen, als habe

er einen unvorhergesehenen dumpfen Schlag gegen den

Schädel erhalten, so war er, nachdem er seine alltäglichen

Verpflichtungen abgesagt hatte, mehr und mehr verwundert

und diese Verwunderung hatte wohl seine Gedanken in

Richtung der besagten Geschichte gedreht, in welcher er

auch einmal in einem Wind des Ungewöhnlichen gesegelt

war und über die Wegstrecke eines Aufsatzes, der sich

über fünf bis sechs Seiten hinweggezogen hatte, etwas in einer Selbstverständlichkeit und Leichtigkeit zu Papier gebracht hatte, das von dem sonstigen Knirschen seiner Gedankenmühle abstach.

Aber er verspürte auch Angst. Es war nicht unbedingt eine Angst, die ihm die Kehle zuschnürte, und auch nicht vergleichbar den Ängsten, wie sie beispielsweise bei Herzbeschwerden in der Öffentlichkeit geläufig sind. Nein, es war eine Angst, wie er, der es gewohnt war, Aufträge effizient und kompetent 'durchzuziehen' – wie es ihm gelingen solle, einen solchen, ihm völlig fremden, in vieler Hinsicht wesensfremden Auftrag durchzuführen, der ihm noch nicht einmal von einer externen Autorität, sondern von einer inneren Stimme zugeflüstert worden war, deren Autorität, anders als die wirklichen Autoritäten, zweifelhaft war, weil sie so ganz seiner subjektiven Natur entsprungen war und sich der objektiven Nachprüfbarkeit geschickt wie ein glitschiger Fisch entzog. Die Idee war – so war es nun einmal – nicht fassbar. Er vermochte sie andererseits aber auch nicht aus dem Tempel seiner Innenwelt zu verscheuchen. Sie hatte sich dort regelrecht eingenistet und spielte ihm mit der Monotonie einer Grammofonnadel immer wieder nur dasselbe 'Lied vom Roman' vor, jenem Roman, den er, Ferdinand T schreiben sollte, ohne dass er sich hierzu befähigt oder befugt fühlte, denn er war kraft seiner Qualifikationen ein zeichnerisch tätiger Ingenieur, ein Linien ziehender Designer, sozusagen ein Liniensteller, jedoch ganz und gar kein Schriftsteller.

Hätte ihm die Idee souffliert, sich an diesen oder jenen Bahnhof zu begeben, um dort Weichen zu stellen, hätte er sich dies eher als realisierbar vorstellen können, weil hier nicht viel mehr als erlernbare Handgriffe durchzuführen gewesen wären. Aber das Schreiben des Romans erforderte mehr als Handgriffe, es schien ihm, dem Ferdinand T, auf einer Ebene oder, genauer gesagt, Höhe oder vielleicht noch genauer gesagt, olympischen Höhe, angesiedelt, die ihm als gewöhnlichem Sterblichen während seiner Lebenspassage verschlossen bleiben würde. Vielmehr würde er sich bis zu seinem Lebensende noch durch hunderte oder vielleicht tausende Linien-Kilometer zeichnen, je nachdem, wann seine Zeit abgelaufen war.

So konfrontierte ihn das Erleben der Idee zunehmend mit einer Spannung, wie um Himmels willen er einen Auftrag durchführen könne, der ihm von niemandem und im Grunde genommen auch nicht von der eigenen Person zugetragen worden war, den er nicht freiwillig erwählt hatte und an welchen er bei näherer Betrachtung auch nicht gedacht hätte, denn seine Gedanken hatten bis jetzt andere Territorien besiedelt, was ihn insgesamt in eine Verfassung manövrierte, in welcher er hinter dem Muster der Tapeten zunehmend etwas entdeckte, das ihn noch mehr erschreckte als schwierige Aufträge: das Vakuum des Nichtwissens, wie er diesen Auftrag einer Verwirklichung zuführen könne, die dem Wesen dieser Idee wie den ihr immanenten Ansprüchen gemäß sein würde.

Wie alle Menschen, die zumindest, wenn sie vom Schicksal in Form sogenannter Schicksalsschläge heimgesucht werden – und formal betrachtet handelte es sich auch bei dem, was Ferdinand T am Morgen erlebt hatte, um einen Schicksalsschlag –, sich ihrer Hilflosigkeit bewusst werden, erlebte auch Ferdinand T eine Unsicherheit, die vom Teint der Routine, die er sich im Lauf seines Arbeitslebens erworben hatte, und die ein Fundament an Vertrauen darstellte, das sich auch den komplexeren Herausforderungen seiner Arbeitsmaterie gegenüber bislang als stabil erwiesen hatte, abstach. Nun, im Griff seines Tapetenblicks, der dergestalt an Schärfe gewonnen hatte, dass er durch die Langeweile der Tapetenmuster nur die Moleküllosigkeit des Vakuums wahrnahm, sah er, Ferdinand T, sich im Spiegel einer Hilflosigkeit, die an Wurzeln rührte, die schon lange vom Erdreich vergangener Jahre verschüttet schienen.

„Ich könnte wohl hier noch lang sitzen. Beinahe hätte ich das Gefühl, ich könnte noch Jahre hier sitzen, wie vielleicht auch Ferdinand Magellan Jahre gebraucht hatte, um die Konturen seiner Idee verwirklicht zu sehen.

Aber welchen Sinn hätte es? Ich weiß nicht, was ein Roman ist. Ich weiß nicht, wie man einen Roman schreibt. Ich habe noch nie dergleichen in die Hand genommen, geschweige denn erfolgreich bewältigt. Das Einzige, das ich weiß, ist, dass ich nichts weiß.

Vielleicht könnte ich noch Jahre warten. Aber das geht nicht. Ich würde verhungern oder in der Irrenanstalt landen. Vielleicht habe ich keine andere Wahl als anzufangen. Es ist gleichgültig, was dabei herauskommt. Die Stimme hat mir nicht souffliert, ich sollte einen Roman schreiben wie Goethe oder Novellen wie von Kleist oder all die großen Schriftsteller es vermocht haben.

Es war ganz einfach der Auftrag, einen Roman zu schreiben, und es braucht mich nicht zu interessieren, was andere davon halten. Damals, als mir mein Gefühl sagte, ich hätte mich in Tanja verliebt, brauchte es auch niemanden zu interessieren. Es war einfach so. Vielleicht ist es hier auch so. Ich weiß, dass ich nichts weiß. Ich weiß, dieser Auftrag ist gewaltig. Ich weiß, dass ich aller Voraussicht nach angesichts meiner Möglichkeiten scheitern werde, weil ich nur auf meinem beruflichen Feld einigermaßen erfolgreich zurande komme. Aber vielleicht habe ich keine andere Wahl, als es zu versuchen – wie mein ganzes Leben nichts anderes als ein einzigartiger Versuch ist und ich erst wissen werde, ob er gelungen ist, wenn mein Leben vorbei ist."

Ferdinand T schüttete sich eine weitere Tasse Filterkaffee ein, goss ein kleines Quantum Milch in den schwarzen Kaffee, der sich unter stetem Umrühren einer tiefbraunen Farbe annäherte, und gönnte sich – obgleich er ansonsten ein Anhänger diätischer Maßnahmen war – einen gestrichenen Teelöffel Zucker, führte sich den noch warmen Kaffee zu, der sich in der Tiefe seiner Bauchhöhle verlor, und wandte sich dann in der Verfassung eines Mannes, der einem ungewissen Schicksal entgegengeht, dem offenen Meer seines Schreibtischs zu.

II

„Wo soll ich anfangen?" fragte sich Ferdinand T, als er an seinem Schreibtisch Platz genommen hatte, den Oberkörper leicht gekrümmt, als widerspiegele sein Rücken die Last des unlösbaren Problems, die seiner Seele aufgebürdet worden war. „Ich habe keine Idee und selbst, wenn ich wüsste, wo ich anfange, dann wüsste ich nicht, wie ich den Gang der Handlung so steuern könnte, dass sich ein Erzeugnis ergäbe, das auch nur im Entferntesten dem gleicht, was man einen Roman nennt. Was ist eigentlich ein Roman? Ist ein Roman die Beschreibung eines Handlungsablaufs, die Beschreibung eines menschlichen Schicksals auf dem Hintergrund von in ihrem Wirken schwer fassbaren historischen Ereignissen?

Ist es das Ziel eines Romans, größere Linien historischer Entwicklungen, deren Konturen in dem Moment verschwimmen, in dem sich die Dinge ereignen, aus größerer Distanz transparent zu machen? Oder ist ein Roman ein Instrument, ein Vehikel sozusagen, um tiefer liegende Ansichten des Schriftstellers, letztlich seine Sicht der Welt mit all ihren Spiegelungen in eine Schale von Worten zu gießen? Ich weiß es nicht. Ich könnte, weil ich eben kein Schriftsteller bin, gar nicht definieren, was ein Roman ist", fuhr Ferdinand T, zu sich selbst sprechend fort, „und daher verfüge ich auch über keine Vorstellung davon, wie ein Schriftsteller es anstellt, einen Roman zu konzipieren. Vielleicht denkt er lang darüber nach, vielleicht brütet er – ähnlich wie es mir in der Schulzeit erging – lang an einer Gliederung, die das Skelett des zukünftigen Opus darstellt, das dann mit der Fülle von Worten wie ein erlegtes Tier ausgestopft wird. Vielleicht verbringt ein Schriftsteller

Jahre damit, sein Werk reifen zu lassen, vielleicht vollzieht sich der Gestaltungsprozess auch schneller. Ich weiß es nicht. Ich habe mich nie damit beschäftigt, und ich weiß vor allem nicht, wie es einem Schriftsteller gelingt, so aus dem Schatten seines von ihm geschaffenen Romans zu treten, dass man glauben könnte, es sei nicht er, der Schriftsteller gewesen, der dieses Werk gestaltet habe, sondern vielleicht eine übergeordnete, rätselhafte Macht, welche ihm die Worte eingegeben habe, und ich weiß auch nicht, wie es ihm gelingt, den Strom der Worte, die Sätze und das Auf und Ab der Handlung so facettenreich und doch so einfach wie einen Bogen zu formen, dessen Spannung den Leser buchstäblich vom ersten Wort bis zum Ende des Romans gefangen und so in Atem hält, dass die Gedanken noch lang um den Roman kreisen, vielleicht sogar in Träumen wiederauferstehen oder ihren Glanz über ein ganzes Leben schimmern lassen, wie es auch in meinem

Leben einige Romane gegeben hat, deren Details ich schon lang vergessen habe, deren geheimnisvolle Kraft aber bis heute nachwirkt und vielleicht immer nachwirken wird, als seien sie eine Oase in der Wüste, die immer und immer wieder die Karawanen, die von weither kommen, anlocken wird.

Es hilft alles nichts," sagte sich Ferdinand T, „ich sitze hier vor meinem Schreibtisch, fühle mich durch eine merkwürdige Eingebung, die mir am Morgen vermittelt wurde, beauftragt, einen Roman zu schreiben, und nun sitze ich wie vor einer grauen Wand, ohne irgendwelche Konturen dessen, was mir als Auftrag gegeben worden ist, greifbar oder zumindest spürbar vor mir zu sehen. Selbst wenn mir ein Anfang zugespielt würde – wie wüsste ich um die Weiterentwicklung des zu Gestaltenden?", fuhr Ferdinand T in seinen Überlegungen fort, wobei ihm inzwischen deutlich geworden war, dass es sich nicht mehr um Überlegungen in dem Sinn handelte, dass sie steuerbar gewesen wären. Sie hatten inzwischen vielmehr eine gewisse Eigenmächtigkeit erworben, als drehe sich ein einmal angestoßenes Karussell immer weiter, und diese Eigenmächtigkeit vermittelte ihm das Gefühl, noch stärker als vordem in einen Strudel der Aussichtslosigkeit geraten zu sein, dem er sich aus eigener Kraft nicht mehr würde entziehen können.

War ihm schon hinreichend bewusst geworden, dass es ihm nicht vergönnt sein würde, allein, aus eigener Kraft schöpfend, dass heißt allein unter Zugrundelegung bewusster Planungsmaßnahmen das Schreiben eines Romans in die Wege zu leiten, so war ihm inzwischen zudem bewusst, wie sehr er dem Strudel der Aussichtslosigkeit ausgeliefert war, einem Strudel, der, da sich inzwischen alles im Kreis drehte, ihm jedes Greifen oder jeden Versuch, Greifbares zu erreichen, aus der Hand nahm. Alles, was er nun registrierte, war ein Zustand, in dem er einerseits eine Uferlinie sah, entlang welcher viele jemals geschriebene Romane wie Ufersteine aufgeschichtet schienen, jedoch sich selbst in einem Strudel rotierend, zwar in Sichtweite des Ufers und doch in hilfloser, schrecklich ausgelieferter Distanz.

Wie er sich jemals aus diesem Zustand, der alles andere als angenehm war, wieder befreien könnte, wusste er nicht. Er ahnte, dass es ihm wohl nicht gegeben sein würde, sich selbst am Haarschopf aus dem Strudel zu ziehen, da dessen Gewalt seine Willenskraft überstieg und ohnehin die Materie des Romanschreibens nicht mithilfe von Willensakrobatik zu bewältigen war. So schmerzlich diese Einsicht auch war, blieb ihm auch hier nichts anderes als die Erkenntnis, die ihn schon einmal heute morgen übermannt hatte, nämlich, sich zu fügen. Wie verzweifelt er auch nach Rettung aus dem Strudel um Hilfe rufen mochte, um an das Land der Worte gezogen zu werden, er würde aus seiner Qual nicht erlöst werden, sofern sich nicht der Strudel bequemte, ihn aus seinem Griff zu entlassen. Ob dies jemals der Fall sein würde und wann, war eine höchst offene Frage, mit der zu beschäftigen letztlich in dem Sinn sinnlos war, dass sie nichts zur Lösung des Problems — der Gestaltung eines Romans — beitrug. Es war, während er sich weiter im Strudel kreisend erlebte, nicht einmal sicher, ob er jemals wieder Land unter den Füßen spüren und auch jemals wieder der Sprache mächtig sein würde. Denn es war nicht gottgegeben, dass ihm, während ihm auf der einen Seite der Auftrag überbracht worden war, einen Roman zu schreiben, ihm auf der anderen Seite Prozesse, die im Verborgenen und unter der Kalotte seines Schädels abliefen, ihn nicht seiner Sprache und Sprachfähigkeit berauben könnten, denn — und dies wusste er aufgrund seiner Allgemeinbildung — die Fähigkeit zur Sprache war ebenso eine Leihgabe wie seine körperliche Existenz. Und selbst wenn ihm eines Tages das erlösende Ufer gewährt würde, war nicht abzusehen, ob er dann vielleicht für die Verwirklichung seines Romans schon zu alt sein würde.

„Selbst wenn mir die Sprache, die ich für das Schreiben eines Romans benötige, verliehen wird", dachte sich Ferdinand T, „vielleicht ist dann schon alles zu spät. Vielleicht hat sich der Zeitgeist bis dahin so geändert, dass das, was ich sagen möchte, nicht mehr modern ist. Vielleicht habe ich mich selbst unter dem Druck der Einflüsse, die allesamt auf mich wirken, geändert oder ändern müssen und vielleicht bringen mich dann auch zehn Pferde nicht mehr dazu, einen Roman zu schreiben.

Vielleicht befinde ich mich in einer Gemütsverfassung, die ein solches Unterfangen ausschließt. Oder vielleicht − und hierin liegen nicht zu unterschätzende Gefahren − wäre das, was ich jemals zu Papier brächte, zu modern, wie es gelegentlich Schriftstellern widerfahren ist, und ich würde mich in dem Bewusstsein aufs Sterbebett legen, dass ich zwar alt genug zum Sterben geworden bin, aber zu früh gelebt habe, eine schwierige Gefühlslage, die vielleicht nur dadurch zu bewältigen ist, früh zu sterben.

Aber vielleicht widerfährt mir das Ungeschick, dass ich mit vielversprechendem Schwung einen Roman anfange und in frischem Wind über die weißen Papierbögen segele und an einem Riff steckenbleibe, ohne dass es mir jemals gelingen würde, das Boot der Worte wieder flott zu ziehen. Dann würde zu einem Zeitpunkt meines Lebens, der sich noch einige Zeit vor dem statistisch zu erwartenden Todesalter befindet, mitten auf meinem Lebensweg ein unfertiges Gebilde liegen, ein Monument meiner Unfähigkeit, ein geplantes Projekt erfolgreich abzuschließen – wo ich sonst die Gepflogenheit habe, das, was ich einmal angefangen habe, auch abzuschließen –, und mich für den Rest meines Lebens mit der Frage sticheln, warum mir der Abschluss nicht gelang.

Zwar würde mich vielleicht der Begriff des Unvollendeten ehren, weil dem Unvollendeten ein vielleicht noch hehrerer Beigeschmack anhaftet als dem Vollendeten, aber gleichzeitig würde das Unvollendete wohl immer eine magnetische Kraft ausüben, die dahin drängt, es zu vollenden.

Welche Dimensionen eine solche Kraft entfaltet", betonte Ferdinand T sich selbst gegenüber, „das merke ich allein an der Tatsache, dass mich die Idee des heutigen Morgens inzwischen schon einige Stunden in ihrer Gewalt hält, nicht loslässt, und schon zu einem Schritt erheblicher Tragweite geführt hat, nämlich meinen für heute geplanten Alltag abzusagen. Was würde geschehen und was würde aus meinem Leben werden, wenn ich nicht nur diesen heutigen Alltag, sondern mehrere, vielleicht sogar viele

Alltage gezwungenermaßen absagen müsste, weil ich mich in Strudeln im Kreis drehe, deren Einwirkung ich mich willentlich nicht entziehen kann. Es ist fatal und so fatal wiederum, dass ich es im Grunde genommen gar nicht in Worte zu fassen vermag, und selbst wenn ich es tue, klingen die Worte so unwirklich, dass ich nicht nur Gefahr laufe, mit einem ungläubigen Lächeln bedacht zu werden, sondern für verrückt gehalten zu werden. Denn was bildet sich ein Mensch ein, der zwanzig Jahre mit der Stetigkeit eines Uhrwerks seinem Beruf nachgegangen ist, vielleicht ihm manchmal sogar einige Schritte voraus war, der dann eines Tages aus heiterem Himmel behauptet, er könne seinem Beruf nicht mehr gehorsam dienen, da eine nicht nachvollziehbare Eingebung, die zweifelsohne höchst subjektiver Natur ist, ihm auferlegt habe, ein Unternehmen durchzuführen, für welches er keine objektiven Quali-fikationen nachweisen kann — was inzwischen zu einer

Geistesverfassung geführt hat, die er nur so beschreiben kann, dass er Ängste und sogar ein nicht wegzuschiebendes Maß an depressiver Verstimmung erleidet und gleichzeitig mit einer schwer erklärbaren Intensität ein Bild vor sich sieht, in dem er hilflos in einem Strudel kreist.

Es ist offensichtlich so", dachte sich Ferdinand T, „dass die Idee, einen Roman zu schreiben, vielleicht auf den ersten Blick verlockend klingen mag, aber inzwischen zu nichts anderem geführt hat, als mich gelinde gesagt einem Pandämonium an Irritationen bis hin zu Anflügen von Verzweiflung auszusetzen, und dass ich, anstatt inzwischen über ein zumindest schemenhaftes Gedankengerüst zu verfügen, nur noch tiefer in einen Maelstrom geraten bin, dem ich mich freiwillig nie ausgesetzt hätte."

III

„Wenn ich mit der Beschreibung meines Arbeitszimmers anfinge?", fragte sich Ferdinand T mit dem Wagemut einer Schnecke, die wieder einmal versuchte, ihre Fühler gegen die Unbill der Zeit auszustrecken, „was würde dann passieren? Aber womit sollte ich anfangen? Vielleicht mit dem Design des Schreibtischs? Aber dann würde auch eine erhebliche Anzahl von Worten nichts an dem Umstand ändern, dass es sich um ein recht alltägliches Mobiliar handelt, das in meiner Situation zwar den Namen eines Tischs rechtfertigt, aber weniger den Begriff des Schreibens, denn dies ist gerade die Tätigkeit, die auch das modernste Design eines Schreibtischs nicht zu vollbringen in der Lage ist.

Also", dachte sich Ferdinand T, „hat es wohl nicht allzu viel Sinn, dass ich mir die Mühe mache, eine Erscheinung zu beschreiben, die viel zu alltäglich ist, als dass sie mit dem Begriff des Schreibtischs ausreichend erfasst werden könnte, und die mir zudem in meiner existenziellen Situation alles andere als förderlich ist. Genau gesagt bräuchte ich nicht an einem Schreibtisch zu sitzen, um nichts anderes zu tun, als nicht zu schreiben. Oder sollte ich mit der Beschreibung der räumlichen Beschaffenheit meines Arbeitszimmers beginnen, die vielleicht insofern aufschlussreich wäre, als sie einem Archäologen in mehreren tausend Jahren, sofern dann der Planet, auf dem ich mich bewege, noch am Leben ist, gewisse Aufschlüsse darüber geben könnte, wie ein Durchschnittsmensch sein Leben im Alltag oder sein alltägliches Leben zu meiner Zeit verbrachte?

Dann würde das Tapetenmuster bereits vermodert oder bestenfalls zum hundertsten Mal wieder ausgewechselt worden sein, das Mobiliar längst durch Recycling in anderen Formen wiederauferstanden und überhaupt all die Gegenstände, die beweglicher Natur sind, nicht mehr vorhanden sein. Würden die blanken Wände und die durch sie vermittelte Struktur des Raums, in welchem ich seit Aufnahme meiner Ingenieurstätigkeit lebe, alles sein, was von mir, einem der zahllosen Rauminhaber, übrig bliebe, so wäre dies kaum von hohem Interesse, sodass ich auch den Versuch verwerfen sollte, mich an eine sprachliche Beschreibung meines Arbeitszimmers zu wagen. Natürlich könnte ich sagen, dass ein solcher Versuch für mich allein lohnenswert wäre. Vielleicht würde er mich etwas aus der Selbstverständlichkeit locken, mit der ich mich tagaus, tagein, das heißt 365 Tage pro Jahr — von kurzen Urlaubstagen abgesehen — in diesem Raum aufhalte, und ihm mit einer Haltung begegne, als sei er aus meinem Leben nicht mehr fortzudenken, obgleich ich nicht garantieren kann, dass ich in ihm auch meine letzten Tage verbringen werde. Aber was hätte ein solcher Versuch mit dem Auftrag zu tun, einen Roman zu schreiben?", fragte sich Ferdinand T und, wie er meinte, zurecht und ließ auch diese Möglichkeit wieder aus seinem Gesichtsfeld entschweben.

„Vielleicht sollte ich einfach eines der Objekte, die sich im Raum angesammelt haben, beschreiben. Vielleicht verkörpert jedes eine Geschichte, die Fotos von Menschen, die einmal gelebt haben oder noch am Leben sind, die farbige Postkarte eines Künstlers, die so viel Wärme ausstrahlt und mit wenigen Linienführungen mehr aussagt als manche Geschichte, der kleine Porzellanteller in lichtem Blau, dessen Gestaltung unbeschreibbar mühe- und liebevolle Arbeit verrät und doch durch die Leichtigkeit seiner Ausführung wieder all diese Mühe in dem strahlenden Blau vergessen lässt, die kleine, auf einem Bernstein ruhende Skulptur, auf der ein elfenbeingeschnitztes Horn fixiert ist, das Assoziationen an einen Kontinent erweckt, den zu bereisen ich bislang noch nie die Gelegenheit gehabt hatte, auch wenn ich es gerne getan hätte, und die in ihrer Einfachheit überhaupt eine stille Leidenschaft in mir immer wieder berührt – die des Reisens. Aber wie käme ich dazu, einen Roman über eine meiner Reisen zu schreiben? Ich bin einmal dorthin gefahren und dann dorthin, wo es mich im Lauf der Jahre eben hinzog", sann Ferdinand T vor sich hin, „es hat mich immer irgendwie berührt, vielleicht sogar fasziniert, und manchmal wäre ich einfach gern dort geblieben, wo ich war.

Ich wäre offengestanden nicht einmal in der Lage, genau zu sagen, warum ich gerade dort oder an einem anderen Ort geblieben bin. Es war nicht wegen irgendwelcher Besonderheiten touristischer Art, die zweifellos interessant und aufschlussreich waren und mein Bildungsdefizit auf diesem Sektor hier und dort aufgestockt haben. Es war immer etwas anderes, als entschwänden plötzlich alle Bezüge um mich herum in einer Atmosphäre der Zeitlosigkeit, als könnte ich einfach dort, wo ich gerade stand, vielleicht am Rand eines turbulenten Marktplatzes, an einem sich bis in die Unendlichkeit dahin ziehenden Strand oder auf einer Anhöhe, die den Blick weiter und immer noch weiter in die Ferne lockt, stehenbleiben und als sei plötzlich jedes Bedürfnis, weiterzugehen und mich wieder in die Stromlinienform der Urlaubsgestaltung zu begeben, verschwunden und habe einem Gefühl stattgegeben, ganz in der Versunkenheit von Raum und Zeit, einfach an diesem Punkt der Erde, auf dieser Schnittlinie zwischen einem Längen- und einem Breitengrad stehenzubleiben, bis ans Ende meiner Tage. Und wären dann nicht wieder — eigentlich ohne dass ich es gewollt hätte — Automatismen in mir aufgetaucht, die mich in der Zeit weitergeschoben hätten, dann würde ich wohl heute noch auf diesem Fleck stehengeblieben sein und, statt Linien und Kreise zu zeichnen, nur dem Spiel sich vor mir abzeichnender gerader und kreisförmig geschwungener Linien nachsehen.

Aber dann", dachte sich Ferdinand T, mit einem leichten Anflug der Resignation, „was würde ich dazu noch mehr sagen können? Millionen von Menschen folgen jedes Jahr dem Ritual der Urlaubsreise, eines Ereignisses, das wohl in vieler Hinsicht den Höhepunkt eines Jahres darstellt und in vieler Hinsicht den gleißenden Gipfel, der sich über dem Arbeitsnebel des Alltags erhebt, und wie sollte ich, ein gänzlich durchschnittlicher Mensch, einen besonders achtenswerten Beitrag zu einem Phänomen leisten, dessen Massencharakter schon fast dem Religiösen zustrebt?

Ich bin kein ausgesprochen religiöser Mensch. Und im Übrigen sind die vom rein Sehenswerten zu beurteilenden

Aspekte meiner Reisen bereits in kunstvollen Reiseführern und inzwischen wohl auch Reiseführerinnen enthalten, und das, was mir vielleicht im Hinblick auf meine Reisen nachgegangen ist, diese Momente des sich plötzlich aus der Zeit und dem Raum, in dem ich damals stand, Herausgeklinkt-Fühlens lässt sich ohnehin mit den wenigen Worten erfassen, wie ich es wiedergegeben habe, und bedarf nicht des Auswalzens in einem Roman, der zum alleinigen Gegenstand die Erfahrung eines 'So stehe ich im Moment' und geradezu waghalsige Anklänge an das berühmte 'So stehe ich und kann nicht anders' hätte. Nein", spann Ferdinand T seine Gedanken weiter, „auch dies würde keinen Stoff für das Unternehmen eines Romans abgeben.

Natürlich wäre es denkbar, einfach einer Wolke, die an mir am Himmel vorüberzieht, nachzusinnen und sich aus-zumalen, wie sie, von den Launen des Windes bald hierhin und bald dorthin getragen, über den Himmel schwebt.

Eine solche Wolkenreise wäre vielleicht ein realisierbares

Projekt und hätte den Vorteil, dass sich die Reise der Wolke

von ihrer Entstehung bis zu ihrer wolkenhaften Auflösung

beliebig lang gestalten und vielleicht sogar in Form von

Fortsetzungsbänden weiterspinnen ließe. Aber hierfür", so

war Ferdinand T's selbstkritische Einschätzung, „verfüge

ich eindeutig über zu wenig Fantasie. Selbst wenn ich

einmal, vielleicht ganz früher, über eine solche Fähigkeit

verfügt habe, ist sie langsam im Lauf der Jahre auf dem

schrägen Zeichenbrett so gerade wie ein Lineal geworden

und hat ihr spontanes Naturell, unbefangen wie ein junger

Schimmel durch die Gezeiten zu reiten, verloren. Und

Fantasie, und das denke ich, sehe ich wohl richtig, bräuchte

man, wollte man eine solche Wolkenreise, anders als einen

Wolkenfahrplan, konzipieren.

Überhaupt", sagte sich Ferdinand T mit der Bestimmtheit eines Mannes, der im Vollzug seines Lebens ein gewisses Maß an Kenntnis seiner Stärken und Schwächen erworben hatte, „würde es mir wohl kaum gelingen, einen Roman über Erscheinungsformen der äußeren Welt zu schaffen. Gewiss habe ich auch im Rahmen meiner Arbeit mit äußeren Formen und dem Phänomen des Designs zu tun, in welchem so vieles an schwer Wägbarem wie Geschmack und Ästhetik mitschwingt. Aber das sind Dinge, die ich sehe, so wie ich manches eben nicht sehe und nicht beurteilen kann. Ich vermag darüber hinaus, ob ich ein Design als vorteilhaft und im ästhetischen Sinn als schön empfinde, keine großen Abhandlungen zu verfassen. Ich sehe und weiß es sozusagen mit einem Blick und dann gefällt es mir oder nicht. Vielleicht kann ich einem Kunden oder einer Kundin, der oder die über meine Meinung erstaunt oder sogar verblüfft ist, noch den einen oder anderen ergänzenden Kommentar geben, aber dies – in wenn auch nur knapper Form – zu Papier zu bringen, fällt mir schwer und ich bemühe mich daher, es zu unterlassen.

Natürlich schaue ich auch gern einmal aus dem Fenster, um mich an dem Licht oder dem Farbenspiel der untergehenden Sonne, wenn es nicht ganz von dem Grau des Industriezeitalters erstickt ist, zu erfreuen und es mir anzusehen, aber ich würde nicht auf den Gedanken kommen, mich hinzusetzen, um dieses Spiel in ein umfangreiches sprachliches Œuvre zu übersetzen, genauso wenig wie ich auf den Gedanken käme, es vertonen zu wollen. Auch wenn ich mir noch einigermaßen vorstellen kann, dass sich Worte und Begriffe für die Beschreibung des Abendhimmels finden lassen, wenn sie auch die Natürlichkeit des Farbentheaters nie ersetzen werden, so ist es für mich kaum vorstellbar, wie es einem Tonkünstler gelingt, allein aus dem Anblick des Sonnenuntergangs und

seiner Farbregie eine Symphonie zu komponieren, die
– für manche feinsinnige Ohren – das Farbgemälde des
Abendhimmels wieder auferstehen lässt.

Ich glaube daher", so dachte Ferdinand T, „dass es wohl
wenig ergiebig wäre, wenn ich mich auf die Beschreibung
äußerer Phänomene einließe. Es würde gekünstelt wirken,
und einem solchen Versuch würde jene unnachahmliche
Qualität fehlen, die dem Wortkünstler zu eigen ist, der
allein aus dem Ansehen äußerer Phänomene wie der
Magier aus dem weißen Hut die passenden Worte zaubert,
die in dem von der Abendlektüre Ergriffenen die lebhafte
Vorstellung hervorrufen, selbst durch die beschriebene
Landschaft zu wandeln.

Das würde meine Kräfte übersteigen. Ein solcher
Versuch würde zu nicht mehr führen als zu einer
Aufzählung all der Komponenten, die sich beispielsweise
jenseits des Fensterrahmens, durch den ich sehe, befinden,

mehr oder weniger zufällig angeordnet, mehr oder weniger zufällig vom Schicksal zusammengewürfelt und mehr oder weniger zufällig von Menschenhand mit mehr oder weniger Geschmack versehen. Und letztlich würde mein Versuch zu nicht mehr als einem Versandhauskatalog ausarten, vielleicht", so fügte Ferdinand T hinzu, um sich selbst zu trösten, „mit einem schönen und ansprechenden Umschlag versehen und vielleicht mit einem diskreten Hinweis, dass sich Landschaft nicht nur verunstalten, sondern auch schön sortieren und geschmacksgerecht verpacken lässt, um ein bisschen länger zu halten."

Gewiss war es so, dass sich Ferdinand T noch einige Zeit auf dieser Gedankenschiene weiterbewegte, ohne jedoch weiterzukommen. Auch Züge fahren manchmal aus dem Bahnhof heraus, ohne letztlich weiter zu gelangen als zum nächsten Rangierbahnhof, von welchem sie dann mit neuem Zielbewusstsein zurückkommen. Selbst diese

Hoffnung trog, denn Ferdinand T war inzwischen an einen Punkt gekommen, wo ihm unklarer als jemals zuvor war, wie er sein Ansinnen, das heißt den ihm gestellten Auftrag, verwirklichen könnte. Gewiss hatte es sich zwischenzeitlich so gefügt, dass die stille Verzweiflung, die ihn in ihrem Strudel so erbarmungslos gedreht hatte, in den Hintergrund getreten war, ohne dass ihm nachvollziehbar gewesen wäre, wie ihm und durch welche Fügung ihm diese Erleichterung zuteil geworden war. Es war auch zu vermerken, dass zumindest vereinzelte Gedanken sehr vorsichtig konzeptionelle Antennen in Richtung des Romanprojekts ausgestreckt hatten, um denkbare Panoramen zu entwerfen.

Aber auch hier verhielt es sich so, dass die Gedanken, die aufgetaucht waren, sich wieder entfernt hatten. Dies stellte aber einen gewissen Fortschritt dar, weil sich überhaupt Gedanken eingefunden hatten, die jedoch so hoch über dem Denkhimmel des Ferdinand T schwebten, dass sie ihm im Grunde die Aussichtslosigkeit der Verwirklichung seines Projekts noch plastischer nahebrachten als es bislang der Fall gewesen war.

Mit einer Einsichtsschärfe, die nicht zu widerlegen war, sagte er zu sich, „dass Romane geschrieben werden können und dass andere sie geschrieben haben, das weiß ich. Aber es ist mir keine große Hilfe, dass mir dieses Faktum sozusagen immer wieder unter die Nase gerieben wird. Ich bin mit einem Auftrag konfrontiert. Ich bin mit meiner Hilflosigkeit und Verzweiflung konfrontiert. Ich sehe mich einer Palette an denkbaren Romankonzepten gegenüber, die aber außerhalb der Reichweite meiner Möglichkeiten liegen. Ich bin allein und habe keine Hilfe. So ist es.“

IV

Nachdem sich Ferdinand T der Vergeblichkeit seines Bemühens bewusst geworden war, die auch aus verschiedenen Stoßrichtungen der Reflektion nicht zu überwinden war und wie ein mittelalterliches Bollwerk in seinem Innenraum im sich steigernden Licht des Vormittags stand, gab er das Sitzen am Schreibtisch auf. Den Gedanken, wenn auch verspätet, in sein Büro zu gehen, verwarf er. Es hätte wenig glaubwürdig ausgesehen, sich zunächst krankheitshalber zu entschuldigen, und dann doch, anscheinend auf wundersame Weise innerhalb einer Stunde genesen, sich an seinem Zeichentisch einzufinden. Er wäre möglicherweise besorgten Fragen ausgesetzt gewesen, mit welchen angebracht umzugehen ihm nicht leichtgefallen wäre – wie es ihm bislang ohnehin in seinem

Leben nicht leichtgefallen war, damit umzugehen, wenn

andere Menschen sich um sein körperliches oder seelisches

Wohlbefinden Sorgen machten.

Dies bürdete ihm nämlich die Verpflichtung auf,

seinerseits alle nur erdenklichen Anstrengungen zu

unternehmen, denjenigen, die sich Sorgen um ihn machten,

die Bürde dieser begründeten oder imaginären Sorgen zu

erleichtern, und hatte ihn nicht allzu selten in eine Situation

manövriert, in welcher er sich letztlich zwei Kategorien von

Sorgen gegenüber sah – den eigenen und denen, die aus

christlicher Nächstenliebe ihm aus den Seelen anderer

Menschen entgegenströmten. Wer möchte schon, wenn er

dem Wildbach einer eigenen Sorge ins Auge sieht, dem sich

dahinwälzenden Strom der Sorgen anderer Mitmenschen

ausgesetzt sein? Was letztlich den Ausschlag dafür gab,

dass sich Ferdinand T dagegen entschied, den verspäteten Gang in das Büro anzutreten.

Was hätte er aber sonst tun sollen? Was hätte er mit einem Tag, der gegen das Muster seines Lebens in solch ungewöhnlicher Form abstach und sich in sein Morgenbewusstsein geschoben hatte, anfangen können? Was sollte er mit einem Tag veranstalten, der ihm in für ihn nicht fassbarer, ja geradezu enigmatischer Form ein Programm diktiert hatte, einen Roman zu schreiben, ohne über die ergebene Fürsorge zu verfügen, ihm auch gleich den Roman zu diktieren? Wie sollte er sich einem solchermaßen in sein Bewusstsein gewürfelten Diktat gegenüber verhalten, das bereits den ganzen Morgen über Gedanken angezogen hatte wie das Licht die Motten?

Ferdinand T wusste es nicht. „Es ist einfach so", sagte er sich, „dass ich dergleichen noch nie erlebt habe. Es ist einfach noch nie in meinem Leben vorgekommen, dass mir eine solche, irgendwie verrückte Idee, deren Anziehungskraft ich mich nicht entziehen kann, so machtvoll in meinem Bewusstsein aufgetreten ist. Und wenn es andere Ideen gegeben hatte, die mir hier und da im Verlauf meines bisherigen Lebens gekommen sind, so schienen sie sich natürlicher und harmonischer in das Fachwerk meines Lebens einzufügen. Ich habe auch noch nie einen Papagei plötzlich vor meinem Fenster aufkreuzen sehen."

Vielleicht wurde ihm, während er Anstalten machte, seinen Körper aufzurichten und seinen Händen, die reglos an den Tasten der Schreibmaschine verharrt hatten, wieder die Möglichkeit des freien Schwingens im Raum zu geben, nunmehr spürbarer als bisher, wie sehr ihn das, was er als ein Diktat empfand, auch erstaunt hatte. Wieso war ihm dergleichen widerfahren? Wieso war das, was geschehen war, heute geschehen und nicht an einem anderen Tag in seinem Leben? Wieso war das, was über ihn gekommmen oder genauer gesagt, über ihn hergefallen war, ohne Vorzeichen gekommen, die es ihm ermöglicht hätten, zumindest gewisse Vorbereitungen zu treffen, so wie meteorologische Vorhersagen ihm die Möglichkeit gaben, zumindest mit der schlimmsten Wetteralternative rechnen zu können?

Wieso war der Pfeil dieser ungewöhnlichen Aufforderung, die so ganz aus dem wohlgesetzten Rahmen seines Lebens und seiner Möglichkeiten fiel, ausgerechnet auf ihn, einen x-beliebigen Menschen und Steuerzahler getroffen? Hätte der Pfeil nicht freundlicherweise genau so gut an ihm vorüberschwirren können?

Auch diese Fragen brachten Ferdinand T nicht in dem Sinn weiter, dass sie ihm Gedanken für die Gestaltung eines Romans zugespielt hätten. Wenn sie ihm etwas nahebrachten, war es im Sinn Bachscher Variationen über ein Thema letztlich immer wieder das gleiche Phänomen

des Erstaunens.

„Erstaunlich, was mir heute früh passiert ist", sagte

er sich, leicht den Kopf schüttelnd, als er seinen Körper

inzwischen aufgerichtet hatte und dabei war, seinen Blick

vom Schreibtisch, der heute ein Nichtschreibtisch gewesen

war, zu lösen, um sich die Möglichkeit einzuräumen, ihn frei

über den Ausschnitt des Himmels, der sich seinem Fenster

offenbarte, gleiten zu lassen.

„Ich bin wirklich erstaunt und nicht nur das. Vornehm-

lich hat es mich geängstigt und auch erschreckt, wie mich

auch überdimensionale Naturerscheinungen und Gewalten

ängstigen und erschrecken und dann hat es mich in einen

solchen Strudel der Hilflosigkeit geworfen, dass ich richtig

verzweifelt war und sozusagen weder ein noch aus wusste.

Aber jetzt spüre ich, dass ich erstaunt bin, und dieses

Erstaunen erstaunt mich wiederum so sehr, dass ich es gar nicht einzuordnen vermag.

Es ist so seltsam, plötzlich wieder ein Erstaunen zu erleben", sagte er sich, als er entgegen seinen üblichen Gepflogenheiten dabei war, sich für eine zusätzliche Tasse Filterkaffee Wasser zu erhitzen. „Eigentlich, dachte ich, lebe ich in einer Lebensphase und vielleicht auch in einem Zeitalter, wo es nur noch wenig oder gar nichts zum Erstaunen gibt. Wie oft habe ich mir gesagt, du, Ferdinand, hast irgendwie schon alles einmal in deinem Leben gesehen und erlebt und selbst, was du noch nicht gesehen hast, wird tiefer gehende Bezüge zu Dingen und Erfahrungen haben, die du schon einmal gesehen hast, sodass sich letztlich ein Erstaunen erübrigen wird, und nun ist heute etwas geschehen, was dich nicht nur recht heftig gegen den Kopf gestoßen hat, sondern was auch dazu führt, dass du dich erstaunt fühlst.

Ich bin überraschend erstaunt", sagte er sich mit einem Anflug von Verwunderung, in welcher Hilflosigkeit mitschwang, „denn dieses Erstaunen ist so unvermutet gekommen, wie all die anderen Gefühle, die die Aufforderung zu dem Roman wie einen Kondensstreifen am Himmel der Innenwelt nach sich gezogen hat. Ich weiß nicht, warum ich erstaunt bin. Es ist einfach so und ich bin beinahe gerührt und weiß nicht, warum ich gerührt und erstaunt bin, und jetzt muss ich schnell meine Extratasse Kaffee trinken, sonst werde ich meiner Rührung gar nicht mehr Herr und vielleicht wirklich krank vor Rührung und ich denke", sagte Ferdinand T zu sich, während er langsam die Milch im schwarzen Kaffee verrührte, „dass ich mich doch ein bisschen zusammenreißen muss.

Es würde zwar niemand meine Sentimentalität hier in meiner Wohnung wahrnehmen. Aber es gehört sich wohl nicht, sich in meinem Alter in diesem Maß gehen zu lassen und außerdem könnte es sein, dass vielleicht der Postbote in der Tür steht. 'Was ist mit Ihnen, Herr T?', würde er fragen, bevor er mir die Post übergibt und mir in die Augen sieht und was sollte ich ihm dann entgegnen? Ich könnte doch nicht einfach sagen, dass ich gerührt bin! Nein, das ginge nicht."

Als wolle er sich selbst in seinem Vorsatz bestärken, mehr Willenskraft, die ihm heute morgen in ungewöhnlich zurückhaltendem Maß zur Verfügung gestanden hatte, zu zeigen, führte er die Kaffeetasse zielbewusst an seinen Mund und sich den Kaffee in wenigen Schlucksequenzen zu, als gelte es anhand der Geschwindigkeit und Effizienz der Flüssigkeitszufuhr das Wiedererstarken seines Willens zu demonstrieren. Weil er inzwischen zu der Auffassung gekommen war, dass es wohl an der Zeit sei, sich selbst gegenüber Aktivitäten zu beweisen, entschloss er sich kurzerhand, seine Präsenz in der Wohnung durch die

Inangriffnahme eines Spaziergangs zu unterbrechen, und verließ mit dem Gedanken, dass ihm ein Spaziergang bestimmt gut tun oder ihn auf andere Gedanken bringen würde, seine Wohnung, nicht ohne vorher dafür Sorge getragen zu haben, sie gewissenhaft abzuschließen. Zwar gab es keine Reichtümer in seiner Wohnung, aber der Gedanke, dass Unbefugte sich auf seinem privaten Territorium zu schaffen machen würden, sagte ihm nicht zu. Natürlich würde er solche Übergriffe nicht verhindern können, aber er wollte zumindest versichert sein, zu deren Verhinderung sein Möglichstes beigetragen zu haben.

V

Natürlich waren Ferdinand T die örtlichen Gegebenheiten des Teils der Stadt, in dem er inzwischen eine stattliche Anzahl von Jahren gelebt hatte, vertraut. Es war ein Vertrauen, das weniger aufgrund einer leidenschaftlichen Beziehung zu seinem Umfeld entstanden war, sondern sich langsam entwickelt hatte, vielleicht aufgrund eines gewissen Phlegmas, sich bewusst ästhetisch ansprechendere Wohngegenden, derer es in der Stadt durchaus einige gab, auszuwählen, vielleicht auch aufgrund einer ihm nur selten selbst spürbaren Unsicherheit, welches Domizil tatsächlich am weitesten seinen innersten Wohnwünschen entspräche, vielleicht auch aufgrund einer schwer fassbaren Gleichgültigkeit, die hin und wieder unvermutet, so wie auf den Reisen, in ihm aufgebrochen war, um ihm zu bedeuten, dass es letztlich gleichgültig sei, wo, das heißt auf welchem Punkt des Erdballs, er seine Lebensspanne verbringt.

Aber so sicher er sich auch im unmittelbaren Umkreis seiner Wohnung bewegte und zudem noch mit einem verlässlichen Orientierungssinn ausgestattet war, der ihn in einem anderen Zeitalter vielleicht zum Beruf des Seefahrers verlockt hätte, so sehr er auch heute das Panorama rechts und links vorüberziehender Häuser, Villen und geschäftsmäßig ausgerichteter Baukomplexe wiedererkannte, und sich in ihren Anblick auch das Gesicht der Straßenzüge aus früheren Jahren mischte, so gleichgültig schien es ihm heute, welcher Route er folgte.

Während es ansonsten eher seinem Naturell entsprach, den Schlüssel der Wohnungstür nicht umzudrehen, ohne ein Ziel anvisiert zu haben, so schien heute mit jedem

Schritt, den er weiterging, die Vorstellung eines Ziels am Horizont, der erst jenseits der Straßenzüge, die er ging, sichtbar sein würde, einen Schritt weiter zu versinken.

Aber in der Verfassung, in der er sich befand, beunruhigte ihn dies seltsamerweise nicht, obgleich ihn zu anderen Zeiten der Verlust einer Zielvorstellung eher verwundert und Fragen aufgeworfen hätte, ob er sich auf dem Weg, oder genauer gesagt, Abweg befände, sich zu einem ziellosen Menschen zu entwickeln. Vielleicht war das Erstaunen, das eine in ihm lang verstummte Saite plötzlich zu unerwartetem Klang gebracht hatte, wiederum so erstaunlich, dass es die Gedanken und die Beschäftigung mit der Frage, warum sich das Zielbewusstsein aus dem Blickfeld entzog, übertönte, und das, was er längs des Wegs sah, mit einem bewussten Auge registrieren ließ, was ihn beispielsweise davor bewahrte, das Opfer eines Verkehrsunfalls zu werden, während mit dem anderen

Auge die vorübergleitende Litanei an mehr oder minder sehenswerten Eindrücken so an ihm vorbeizog, als verschwämmen sie in einem Wolkenhauch an Zeitlosigkeit und Unbesorgtheit im Raum; als könnte die Straße, die sich vor diesem Auge darbot, auch an einer ganz anderen Ecke der Stadt oder in einer anderen Zeit oder überhaupt im Grenzland zwischen Wirklichkeit und Unwirklichkeit angelegt worden sein.

Und doch beunruhigte ihn das Wiegen zwischen dem, was er mit seinem unbestechlichen Erinnerungsvermögen als wahr und real erkannte und dem, was im Windhauch der Möglichkeiten dahinzog, zu seinem eigenen Erstaunen nicht mehr. Selbst der zur Routine gewordene Blick auf seine Armbanduhr, der ihm sonst immer das Bewusstsein seiner Position im Fluss der Zeit vermittelt hatte, schien überfällig geworden zu sein. Er ging einfach weiter, den

Schritten seiner Beine folgend, ohne es für notwendig zu erachten, sich der Uhrzeit zu versichern.

Wäre er von einem Passanten angehalten und nach der Uhrzeit gefragt worden, so hätte er vielleicht geantwortet, dass er die Uhrzeit nicht wisse. Vielleicht wäre ihm schon der Gedanke, einen Blick auf seine Uhr und deren Ziffernstellung zu werfen, zu mühsam gewesen oder zu fern gerückt. Vielleicht hätte er auf die einfache Frage, wie spät es sei, mit der ebenso knappen Frage entgegnet: „Wenn Sie mich fragen, wie spät es ist, können Sie mir vielleicht die Frage beantworten, was die Zeit ist?"

Und er wäre dann wohl im Rückenwind des Erstaunens weiter seinen Weg gegangen, vielleicht in der Tat seinen Weg, denn es war einfach ein Weg, der nur dadurch bestimmt war, dass er nicht bestimmt war, außer von dem Unbestimmten der Steuerung seiner Beine, seiner Augen und dessen, was sich in ihm vollzog, und so würde er später, wenn er versuchen würde zu rekonstruieren, welche Route er damals gegangen war, immer wieder zu der Schlussfolgerung kommen, dass er nicht in der Lage war, sie exakt zu rekonstruieren. Aber weder später noch in dem Moment, als er durch die Stadt ging, die inzwischen selbst ferner zu werden schien und deren großzügige Hauptstraßen den Anschein erweckten, als würden sie sich noch weiter öffnen, kam ihm das Gefühl oder die Beklemmung, er habe sich verlaufen. Die Verfassung, die ihn vorantrug, hatte ihn, so wie der Wind die Blätter vor sich hertreibt, schon seit geraumer Zeit aus seinem Koordinatensystem der Zielhaftigkeit geweht und trieb ihn im Lächeln eines Sich-Verlierens, ohne dass er sich verloren fühlte, dahin.

„Auch dies ist neu", dachte er, ohne weiter zu registrieren, dass er bereits eine gebührende Wegstrecke zurückgelegt hatte, ohne zu denken. Was ihn in der Verfassung nicht beunruhigte, in der er der Peripherie der Stadt zustrebte, wo die Geschäftigkeit zunehmend in den Hintergrund und die Weite des Himmels in den Vordergrund trat, und wo er eine Lockerung des Netzes, das ihn so viele Jahre im Griff der Stadt gehalten hatte, spürte.

„Eigentlich könnte ich jetzt immer weiterlaufen, bis an den Horizont", sagte er sich in der Verfassung eines Mannes, dessen Erstaunen inzwischen einen solchen Aufwind erhalten hatte, dass ihn auch dieser spontan aufgetauchte Gedanken nicht mehr erstaunte. Beinahe übermütig fügte er hinzu, als machte er Anstalten, die allseits aufgebauten Hürden der Logik zu überspringen, „eigentlich könnte ich jetzt sogar bis zum Horizont weiterlaufen.

Nein, ich fühle mich eigentlich nicht als Desperado, der alle Brücken oder Schiffe hinter sich verbrennen muss. Ich fühle mich auch nicht von dem Ziel besessen, bis ans Ende der Welt zu gelangen, vielleicht, weil es für mich letztlich gar kein Ende der Welt gibt und weil vielleicht ein solches Ziel schon zu sehr von dem Gedanken einer Zielvorstellung belastet ist. Ich möchte einfach im Augenblick treibend weitergehen. Der Horizont ist für mich kein Ziel im eigentlichen Sinn. Er ist eine Einladung in die Unbegrenztheit. Er ist das Silber der Zeitlosigkeit.

Niemand würde es mir glauben, wenn ich es so ausdrücken würde", sagte sich Ferdinand T, „deshalb brauche und möchte ich es auch gar nicht erklären. Allein das Erklären nimmt dem, was ich erlebe, seinen Atem des Zaubers. Natürlich ist der Horizont nicht aus Silber. Das weiß ich als Ingenieur, denn sonst wären alle Städte am Horizont gebaut. Aber für mich ist es so und, damit mich niemand hier am Rand der Stadt wegen zweifelhafter Aussagen festnimmt, behalte ich diese Erkenntnis lieber für mich. Ich möchte jetzt auch mit keinem Menschen sprechen, sondern nur gehen, nur sehen und spüren. Vielleicht, während ich im Wind der Ziellosigkeit dahintreibe, möchte ich gar nicht mehr so viel denken. Vielleicht möchte ich nicht mehr an den Schlag denken, der mir heute morgen versetzt wurde, und dessen Ausläufer mich jetzt schon aus der Zirkumferenz der Stadt heraus auf die freien Felder getrieben haben und bald die Stadt in den Rücken schieben werden und den Horizont vor mir und die Wolken, die der Wind vor sich herschiebt, und den Himmel und das Licht über mir und um mich und jene im Rosenduft des Erstaunens fließende Verfassung in mir. Ich weiß nicht … ich weiß nicht mehr …"

VI

Erst spät, nach Anbruch der Dunkelheit, war Ferdinand T an diesem Abend nach Haus gekommen. Es war vielleicht weniger ein Gefühl des Nachhausekommens, denn er hätte einfach im Wolkenwind des Gefühls, das ihn über die zunehmend freieren Felder getragen hatte, weitergehen können, immer weiter und immer näher an den Horizont, der sich dennoch immer wieder dem Griff der Berührung entzog. Mit Anbruch der Dunkelheit hatte ihn ein Bewusstseinsfaden langsam, aber eher mit achtsamer Vorsicht, in Richtung Stadt gezogen und er entschied sich von dem Vorort, dessen Dorfcharakter noch durchschimmerte, einen Zug in das Stadtzentrum in Anspruch zu nehmen.

Selbst als der Zug schon auf dem Bahnsteig eingefahren und mit seiner Lokomotive hundert Meter weiter rechts von ihm mit einem leichten Rückwärtsruck zum Stillstand gekommen war, durchzog ihn, Ferdinand T, noch für einen Moment die Verlockung, anstatt in den Zug zu steigen, sich wieder auf das offene Feld zu begeben, um unter dem Nachthimmel und den an ihm aufgehängten Sternbildern einfach weiterzulaufen, aber dann schob er doch seinen Körper in den Wagon, ohne jedoch von dem Gefühl durchdrungen zu sein, tatsächlich oder eindeutig nach Hause zu fahren. Auch diese Zugfahrt, obgleich sie ein höheres Maß an Bestimmtheit als der lange Streifzug über das offene Land aufwies, war letztlich nur ein Glied in der Kette von Unwägbarkeiten, die ihn seit dem heutigen Morgen durch den Ablauf des Tages getragen hatten – vielleicht wie eine Düne im Windspiel höherer Kräfte über das Sandmeer gleitet.

Als er sich wieder in seiner Wohnung einfand, war die äußere Ordnung genau die gleiche, wie die, die er am Morgen verlassen hatte, auch wenn hier und da Indizien einer Unordnung zurückgeblieben waren wie die ungespülte Kaffeetasse. Dennoch schien die Wohnung ihm fremder als sonst – so, als habe er sie lang nicht betreten, denn in seiner Empfindung hätten es Tage, ja, Wochen sein können, seitdem er die Wohnung ihrem Schicksal überlassen hatte, die jetzt in den Armen der Dunkelheit vor ihm lag und ihre Konturen nur schemenhaft preisgab. Er überlegte, als er ihres im Schattenspiel der Dunkelheit sich darbietenden diskreten Charmes gewahr wurde, ob er das Licht anschalten oder sich dieser für ihn ansonsten unbemerkt an ihm vorüberziehenden Atmosphäre hingeben sollte, und entschied sich dann dafür, in der Dunkelheit nach Streichhölzern und einer Kerze zu tasten, als wolle er die sich in der Dunkelheit entfaltende Unschuld der

Schatten nicht verletzen. Da es nichts mehr zu erledigen gab und auch, wenn es etwas zu erledigen gegeben hätte, er dies in seiner Verfassung ohnehin übergangen hätte, fand er sich bald in der muschelhaften Geborgenheit seines Bettes wieder, das vielleicht noch mehr als die Komposition der Wohnung an sich eine Heimstatt für ihn verkörperte.

Die ansonsten gepflegten Rituale, wie nochmals kurz den Fernseher anzuschalten, einen Blick auf den Kulturteil der Zeitung zu werfen oder zu überprüfen, ob das für den nächsten Tag erforderliche Kleidungsinventar vorrätig sei, ließ er heute außer Acht. Selbst den Griff zu seiner Abendlektüre, die nie einem bestimmten schöngeistigen Ideal gefolgt war, sondern eine bunte Mischung an eher entspannenden Themen darstellte, ließ er fallen, da der Schein der roten Nachttischlampe den Frieden des flackernden Kerzenlichts bedroht hätte.

Eigentlich hätte er, zu dessen alltäglichem Tagesablauf schon allein aus Zeitgründen keine ausgedehnten Spaziergänge zählten, bald einschlafen müssen. Aber vielleicht wie alles, das sich heute gefügt hatte, im Widerspruch zu dem zu Erwartenden gestanden hatte, geschah es, dass er noch einige Zeit wach vor sich hin lag und sich in einer Stimmung fand, die an den anmutigen Tanz der durch das Licht erzeugten Schattenlinien an der Wand erinnerte. Er hätte diese schwer fassbare, ihm immer wieder aus dem Griff der Begreifbarkeit entschlüpfende Stimmung kaum näher beschreiben können. In ihr schienen nicht nur die ungewöhnlichen Erfahrungen des Tages noch einmal aufzuflackern, sondern sich zudem wie unterschiedliche Farbtupfer zu neuen Empfindungen und Gedanken zu vermischen und diese wiederum neue Tönungen des inneren Klangkörpers hervorzulocken.

Durch wie viele Stufen der Empfindungen war er heute gewandert, genauer gesagt, mit selten so klar erlebter Hilflosigkeit, die ihm die Illusion seiner Willensmächte mit ebenso klarer Schärfe vor Augen geführt hatte, geweht worden, und wie wenig war ihm, dessen Tagesabläufe schon seit langer Zeit durch immer neu erdachte und kunstvolle Pyramiden der Planung bestimmt worden waren, heute das Instrument der Planung von Nutzen gewesen. Und doch, obgleich er durch einen Tag geweht worden war, der eigentlich auf dem Kalender nicht hätte existieren dürfen, weil er eben ungeplant war, hatte ihm dieser Tag ein Tor zu neuen Räumen eröffnet, die er in der Hilflosigkeit, die immer noch in ihm schwang, weder in ihren Konturen hätte übersehen noch vermessen können, wie auch Magellan vor Hunderten von Jahren vieles von dem, was er damals gesehen und entdeckt hatte, in dessen Tiefe nicht hatte erkunden können. Obwohl er auf seiner Tagesreise auch an den Gestaden der Angst, des Erschreckens, den Strudeln der Verzweiflung, den ungreifbaren Wolken der Fragen vorbeigesegelt war und einer Sehnsucht nach den Horizonten gefolgt war, wirkte bis in die Abendstunden das Empfinden des Erstaunens nach, eines Gefühls, das schon so lange in dem Karton der Selbstverständlichkeit seines Erwachsenenlebens verpackt gewesen zu sein schien, und das sich plötzlich aus seiner Verschnürung befreit hatte und mit seinem Zauber durch seine Seele und über seine Schläfen fuhr.

Und wieder stieg in ihm, als das wiegende Wellenspiel des Schlafs mehr und mehr die Küste seines Bewusstseins benetzte, eine Rührung auf, derer er, der nun schon so erwachsen war, nicht Herr werden konnte – eine Rührung, die aus tiefen, namenlosen Ursprüngen seiner selbst aufzusteigen schien, und die eine unerwartete, ja, erstaunliche Frucht des Auftrags war, der ihm am Morgen gestellt worden war, nämlich einen Roman zu schreiben.

Und so sehr ihn dieser Auftrag auch anfangs erschreckt

hatte, erklangen jetzt die Silberschalen einer Dankbarkeit,

dass ihm aus einem langen Verschollensein das Erstaunen

wieder zugeweht worden war, das in Jahren, die schon

längst hinter dem Horizont seiner Erinnerung versunken zu

sein schienen, ihn, Ferdinand T, einen seit zwanzig Jahren

tätigen Ingenieur, nun wie das Licht die Rose getränkt hatte.

Während an der Silberlinie des Bewusstseins die Segel

des Schlafs sichtbar wurden, sah Ferdinand T sich, wie er

damals als kleiner Junge an einem großen Strom gestanden

hatte, der so groß und so übermächtig war, dass er viel zu

groß für den kleinen Jungen war, so groß und übermächtig,

dass seine, Ferdinand T's, Augen vom Sehen des großen

Stroms und vom Staunen noch größer wurden, als sie es

ohnehin schon waren. Während der Strom damals vor

seinen Augen aus fernen Zeiten und fernen Räumen und

im Staunen der Wellen an ihm vorübergezogen war, schien

er nun näher und näher auf ihn zuzukommen und ihn,

Ferdinand T, zu durchfließen und alles geschah in einem

Staunen und jenseits von Worten, die, als Ferdinand

T auf dem Strom des Staunens dahintrieb, im Schlaf

versanken ...

VII

Als Ferdinand T am folgenden Morgen wieder erwachte, hätte er nicht sagen können, schlecht geschlafen zu haben. Er war weder in der Nacht aufgewacht, noch von einem erinnerbaren Traum belastet worden, wobei hinzuzufügen ist, dass er Träumen gegenüber ohnehin skeptisch eingestellt war. Es war nicht so, dass das Erleben des gestrigen Tages noch von der gleichen, unverrückbaren Prägnanz und Dominanz gewesen wäre. Die Schlafruhe, die eine Entfernung seines Bewusstseins in andere Weiten mit sich im Gefolge gehabt hatte, hatte wohl auch das Gestrige mehr an den Horizont der inneren Welt geschoben, sodass er einerseits mit dem Gefühl aufstand, sich heute in einer Verfassung zu fühlen, die ihm gestattete, seine

Aufmerksamkeit wieder seiner Arbeit zukommen lassen zu können, aber andererseits auch spürte, dass das Gestrige noch nicht – um den hierfür gebräuchlichen Terminus anzuwenden – verdrängt war, obgleich dieser Begriff in seinem Ingenieursdenken unweigerliche Assoziationen an Wasser verdrängende, weiß dahinziehende Luxusdampfer erzeugte.

Nachdem er seinen Körper, nicht ohne ein kurzes Bedauern, noch etwas länger in der Horizontalen verweilen zu dürfen, in die Senkrechte manipuliert hatte, waren die nachfolgenden Ereignisse so alltäglich und liefen in einer solch eingespielten Sequenz ab, dass sie keiner besonderen Würdigung bedurften. Aber auch wenn sich Ferdinand T an diesem heutigen Morgen, im Unterschied zum gestrigen, keine Extratasse Filterkaffee leisten sollte, so stach doch eine Besonderheit aus dem Fließband des Ablaufs heraus.

Ohne zu wissen warum und eigentlich gegen seine Gewohnheit, die im Verlauf seiner zwanzigjährigen Tätigkeit zu einer reibungslosen und zeiteffizienten Gestaltung des morgendlichen Prozedere im Sinn eines linearen Ineinandergreifens der einzelnen Handlungsschritte geführt hatte, fand er sich unvermutet am Fenster stehend wieder, stehend und einfach hinaussehend, als registriere er erst jetzt, dass der Begriff des Morgens mehr beinhaltete als einen aerodynamischen Zuschnitt auf die pünktliche Erscheinung seiner Körperlichkeit im Büro.

Als rege sich ein sachtes Erstaunen in ihm, dessen Wurzeln tiefer zu reichen schienen, als ihm bewusst war, empfand er die durch die morgendliche Zurückhaltung des Lichts geprägte Anmut des Blau, die mit ihrem Farbenklang wie eine Aufforderung erschien, seine Gedanken aus dem Moment, in dem er stand, auf eine Reise zu locken, eine Art

Fahrt ins Blaue, deren Ziel ebenso unbestimmt war wie ihr tieferer Sinn.

Während die Konturen des gegenüberliegenden Hauses sich, wie immer, im Morgenlicht scharf gegen den mildblauen Himmel abzeichneten, schienen sie gleichzeitig aus seinem Gesichtsfeld zu treten, sich wie eine Theaterkulisse in den Hintergrund zu verschieben, dann geradezu zu verschwimmen und den Blick auf einen fernen Horizont zu öffnen, der gewiss der gleiche war wie der, den er am gestrigen Tag gesehen hatte, und doch ein anderer hätte sein können. Denn warum sollte es nicht ebenso viele Horizonte geben, wie es Tage oder Schattierungen von Blau gab?

Obwohl er wusste, dass das Haus in greifbarer Sichtweite von seinem Fenster und seinem Blick dort stand, wo es schon immer gestanden hatte, denn es handelte sich um ein Gebäude im Stil der fünfziger Jahre, verschmolz es auch im Licht seiner Stimmung, als sähe er fliegenden Fischen nach, die einmal in ihrem silbernen Glanz durch das Blau der Luft und dann wieder, dem Auge entzogen, durch das Blau des Meerwassers gleiten, und so war auch die Präsenz des in der gegenüberliegenden Wirklichkeit liegenden Hauses nur eine der Erscheinungsformen in dem Auf- und Abschwingen zwischen Wirklichkeit und Unwirklichkeit. Vielleicht war auch er, Ferdinand T, während er so unvermutet im Morgenlicht einer Empfindung stand, die ihn aus dem Grau der selbstverständlichen Morgenetikette geweht hatte, nur eine Erscheinungsform, ein jetzt über fünfzigjähriger Mann, über ein halbes Jahrhundert alt, aus dessen Augen gleichzeitig ein Kind auf die Welt schaute. Während noch die leichten Riffelungen dieses Gedankens durch seine Innenwelt zogen, hatte ihn ein Blick auf seine Armbanduhr mit einem spürbarem Ruck in die Wirklichkeit seines Alltags zurückgezogen und ihm bedeutet, dass jetzt Maßnahmen wie der Griff nach der Aktentasche vordringlicher waren, sollte sein Bemühen, sich in den Fahrplan des Alltags einzustimmen, nicht schon wieder am Morgen scheitern.

Als müsse er nach dem Blick aus dem Fenster nochmals einen bewussten Schritt unternehmen, sich definitiv an das Vehikel des Alltags anzukoppeln, übersah er nochmals die Räumlichkeiten seiner Wohnung, beseitigte die gröbsten Spuren der Unordnung und machte dann, nicht ohne vorher nochmals die Uhrzeit überprüft zu haben, Anstalten, die Wohnung zu verlassen, um wie immer – mit einem Gedanken an den Eventualfall eines unerwünschten Einbruchs – dieselbe sorgfältig abzuschließen.

Schon auf der Fahrt ins Büro legte er sich, während er eher unbeteiligt aus dem Fenster der Straßenbahn sah, einige denkbare Szenarien zurecht, wie er auf besorgte Fragen nach seinem Befinden reagieren könnte. Nach einer längeren Konsultation seines Gewissens sah er sich

befugt, zu dem Mittel einer Notlüge zu greifen, nicht nur,

weil solche im Lauf der Historie auch immer wieder von

den ganz großen Männern der Geschichte als legitimes

Mittel der Verwirklichung hehrer Ziele dargestellt und

auch entsprechend von den Völkern nachgesehen worden

waren, sondern weil er der Ansicht war, dass er letztlich

am gestrigen Tage von einem schicksalhaften Erleben

affiziert worden war, das im weitesten Sinn, da es so

ungewöhnlich, ja, unnormal war, eben die Bezeichnung

einer Krankhaftigkeit nicht zu Unrecht trüge – was

ihn daher berechtigte zu sagen, er sei aufgrund einer

Unpässlichkeit an der ordnungsgemäßen Durchführung

seiner Arbeit verhindert gewesen. In diesem Sinn war eine

solche Darstellung bei genauerer Betrachtung im Grunde

genommen nur eine sehr verdünnte Form einer Notlüge,

und weiterhin war zu beachten, dass er auch einen

gewissen Anspruch auf die Wahrung seiner Privatsphäre habe, was auch dem Trend der Zeit entsprach. Allerdings war dieser Trend noch nicht dergestalt ausgeprägt, dass es angebracht gewesen wäre, in seiner Entschuldigungsformel darauf hinzuweisen, dass sich die krankheitsbedingte Verhinderung auf den Bereich seiner Privatsphäre bezöge, da dies die Fantasien der Fragepersonen in Bereiche hätte steuern können, die die lineare Geradlinigkeit seiner Moralvorstellungen in ein zweifelhaftes Licht tauchen und möglicherweise zu Gemunkel hätten Anlass geben können. Denn obgleich die Existenz des Begriffs der Toleranz als ein fortschrittlicher Aspekt der Zeitläufte anzusehen war, und so sehr sich dieses einer anderen Kultur entstammende Wort in der Schatztruhe der deutschen Sprache eingenistet hatte, war doch nicht zu erwarten, dass sie, die Toleranz, jeden Menschen in allen Lebenslagen anlächeln würde.

Denn wie alles seine Ordnung zu haben hatte, um in einem gesellschaftlichen Gefüge sinnvoll wirken zu können, so entsprach es auch dem Denken des Zeitgeists, dass der Toleranz klare Grenzen gezogen würden. Und – insofern fühlte sich Ferdinand T als Realist – hier, in der Grauzone von Krankheit und Intimität war ein Bereich, nachgerade ein Minenfeld, das auch die Toleranz nicht unbeschadet zu betreten erhoffen durfte.

So entschloss sich Ferdinand T, als er an der Haltestellte eingetroffen war, die im Lauf der Jahre zu 'seiner' Haltestelle geworden war, beim Betreten des Büros eine Haltung zur Schau zu stellen, die der eines Mannes entsprach, der es selbst unter Aufbietung aller Kräfte nicht vermocht hatte, eine ihn am gestrigen Tag überfallende Unbill abzuwehren, der aber dennoch unter Aufbietung seiner Willenskräfte sich am heutigen Tag soweit durchgerungen hatte, um wieder im Berufsleben seinen Mann zu stehen bzw. zu sitzen.

„Ich habe mir schon Sorgen gemacht, dass Sie ernsthaft erkrankt sind", begrüßte ihn eine Kollegin und – überraschend für Ferdinand T – ohne einen Anflug von Aufdringlichkeit, „schön, dass Sie wieder da sind." Eigentlich hätte Ferdinand T hierauf nicht antworten müssen, er gab der Kollegin aber dann zu verstehen, dass er von einer Unpässlichkeit heimgesucht worden war, die sich inzwischen so weit gebessert habe, dass er sich heute morgen entschlossen habe, die Arbeit wieder aufzunehmen, worauf die Kollegin mit einem verständnisvollen Nicken und dem Hinweis reagierte, dass man es ihm, Ferdinand T, ansehe, dass es ihm nicht so gut ginge. Damit hatte dieses Thema seinen natürlichen Abschluss gefunden, auch weil keine der sonst im Büro Tätigen nach seinem Befinden fragten. Es verhielt sich – auch hier in Widerspiegelung des Zeitgeistes – so, dass nur besonders gravierende Ereignisse, wie schwere Erkrankungen, Unfälle oder Sterbefälle, nachfragewürdig waren und dann mit dem diskreten, ja, unterschwelligen Hinweis, nicht allzu viel davon erfahren zu wollen, um dadurch in der eigenen Seelenlage nicht aus der Balance gebracht zu werden. Man bekäme in der Medienzeit ohnehin viel zu viel mit, und am gestrigen Abend habe schon wieder ein gewalttätiger Film die Volksseele stranguliert, und man habe die halbe Nacht nicht geschlafen und es wäre doch endlich an der Zeit, solche Filme zu verbieten. „Schade", dachte sich Ferdinand T, „dass ich mir nicht einmal den Scherz erlauben kann, eines Morgens ins Büro zu kommen und zu sagen, ich sei gerade gestorben.

So etwas würde ich gern einmal machen, nur um zu sehen, wie darauf reagiert würde. Wahrscheinlich würde man, selbst wenn ich vorher gestorben und dann sozusagen wieder auferstanden wäre, mich wegen eines die Sitten und Feinfühligkeit schädigenden, üblen Scherzes auf der Stelle fristlos kündigen, aber dann", und hierbei konnte sich Ferdinand T ein Schmunzeln nicht versagen, „würde ich einen Arbeitsgerichtsprozess anstrengen und dann würde ich, weil ich ja beweisen könnte, dass ich tatsächlich gestorben war, gewinnen. Denn ich glaube an die Logik der höchsten Instanzen und dann könnte ich mit all dem Schadensersatz meinen Lebensabend und sogar die Lebensnacht in friedlicher Genugtuung verbringen, denn selbst ein wohlhabender Gestorbener kann ruhiger schlafen als einer dem fristlos gekündigt wurde.

Aber jetzt muss ich mir solche Gedanken aus dem Kopf schlagen, auch wenn ich froh bin, dass sie nicht so vehement sind, wie der Auftrag vom gestrigen Tag und mich auf meine Arbeit konzentrieren", sagte er zu sich, während er wie immer, denn auch in seinem Arbeitsleben hatte sich ein gewisses Uhrwerk eingespielter Routine konstruiert, zuerst die am gestrigen Tag eingetroffene Korrespondenz an sich zog und dies wie immer mit dem Vorgefühl tat, das ihn selten getäuscht hatte, nämlich, dass sie weniger bedeutsam war, als es den Anschein hatte. Und so nahm das Öffnen der Couverts mehr Zeit in Anspruch als das Nachdenken über die Inhalte, die sich in den allermeisten Fällen wie die Billardkugeln in einem vorhersehbaren Rahmen bewegten.

Auch das Zurechtrücken seines Körpers am Zeichentisch, das Einpendeln der Haltung, was trotz wohlmeinender Ratschläge seines Hausarztes nie zu einem wirklich glücklichen Kompromiss zwischen den Bedürfnissen seiner Wirbelsäule und den Erfordernissen seines Berufs geführt hatte, nahm nur kurze Zeit in Anspruch und resultierte in einer Schräghaltung, die ihn letztlich für den Rest des Tages in ihren Griff spannen würde. Das Papier war schnell aufgezogen und mit Hilfe der Klaviatur an

Zeicheninstrumenten und der in professioneller Bedienung

in langen Jahren geübten Hände entstand sehr schnell eine

Dynamik, die für einen Außenstehenden undurchschaubar

gewesen wäre, die aber für Ferdinand T immer noch,

obgleich er seinen Beruf schon zwanzig Jahre ausübte,

zu einer Einstimmung führte, in der das ihn umgebende

Umfeld eher an den Rand trat und sich die weiße Farbe

des großen Papierbogens wie eine weite Fläche vor seinen

Augen ausbreitete, die hin und wieder, wenn auch in den

letzten Jahren seltener geworden, schwer erklärbare

Momente erzeugte, in denen er sich wie auf eine Fahrt über

ein großes, weißes Meer versetzt fühlte.

Auch heute führte er die Gestaltung der Terra incognita

der weißen Papierfläche mit jener unnachahmlichen

Kombination durch, wie sie im jahrelangen Windschliff einer

Professionalität und eines gefühlsmäßigen Mitschwingens

mit der Materie entsteht und der dann eine Leichtigkeit anhaftet, die selbst jugendlicher Schwung nicht imitieren kann, und es schien ihm, als er schon im sanften Zuspruch des Vormittagslichts, das über seinen Zeichentisch glitt, dahin segelte, als sei er in unbefangenerer Verfassung als seit Längerem, obwohl er sich deren Ursprung nicht erklären konnte, umso mehr als sie in starkem Kontrast zu dem gestrigen Geschehen stand.

Aber da es andererseits auch nicht seine Art war, das Spiel innerer Stimmungen oder Stimmungsschwankungen zu sehr in das Gehege seiner Linien, Kreise, Ellipsen und sonstiger Konfigurationen einwirken zu lassen, weil er ein Anhänger der Trennung von Arbeit und Nichtarbeit war, ging er seiner gefühlsmäßigen Verfassung an diesem heutigen Morgen nicht näher nach, da dies eine Angelegenheit für Psychologen und Psychologinnen ist, gegenüber welchen er einen distanzierten, wenn auch respektvollen Umgang pflegte. Hätte er sich auf eine nähere Betrachtung seiner gefühlsmäßigen Verfassung eingelassen, wäre ihm vielleicht aufgefallen, dass er sich heute in einer schwer definierbaren Weise lebendiger fühlte. Es gab anscheinend keinen Anlass hierfür, wogegen der gestrige Tag vorwiegend unter den Auguren der Bedrückung gestanden hatte, wenn auch dies im Verlauf des Tages einer gewissen Wandlung unterlag.

Immer wenn er sorgfältig eine gerade Linie gezogen hatte, schien es ihm, als könnte er diese Linie, deren Anfang und Ende so vorbestimmt war, dass sie in das Gesamtgefüge des zu entstehenden Designs passte, als könne er diese Linie auch weiter über den Blattrand ziehen, sie in seinen Gedanken über die Stadt hinausschicken und – so wie es ihm gestern ergangen war – in Richtung des Horizonts laufen lassen. Selbst während er, wie schon seit zwanzig Jahren, das Lineal, das ihm die Sicherheit des Geraden und den Nukleus seiner Berufstätigkeit in die

Hand gab, und das für ihn eine Bedeutung verkörperte, wie sie der Violine eines Geigers entspricht, ansetzte – selbst hier erlebte er, als könne er, wenn auch nur für einen imaginären Moment, auf die Unerlässlichkeit seines, mit seinen Initialen versehenen Lineals verzichten und sich auf das Abenteuer einlassen, eine gerade Linie aus der freien Hand heraus zu zeichnen. Und wenn es nicht nur mit geraden Linien möglich sein sollte, so spann sich der Gedankenfaden weiter, warum sollte es nicht möglich sein, einen Kreis oder eine Ellipse frei von der Hand zu zeichnen oder aus ihr rollen zu lassen, wie es ja wohl auch Künstler zu tun vermochten, obwohl, und hier war er sich der Grenzen seiner Professionalität bewusst, er eben kein Künstler war, ohne dies jedoch als ein Manko zu empfinden. Dennoch übte allein dieser Gedanke, und inzwischen waren es einige Gedankensprünge geworden, ein solches entgegen seiner beruflichen Tradition schwimmendes Wagnis einzugehen, einen Reiz auf ihn aus, dem er zwar keinen Drang verspürte, unbedingt und auf der Stelle nachgehen zu müssen, der ihn dennoch wie eine wehmütige Melodie umwehte, ohne dass er das Bedürfnis empfunden hätte, sie auszulöschen. Der Gedanke, es einmal ohne Lineal zu probieren, kam im Verlauf dieses Tages immer wieder auf ihn zu, und immer wieder mit einem Charme, der sich so graziös gab, dass es Ferdinand T schwer fiel, ihm mit Argumenten zu begegnen.

„Beinahe ist dieser Gedanke ja schon wie eine Verführung", sagte er zu sich, „obgleich man unter Verführung etwas anderes versteht, und man mich gewiss auslachen würde, wenn ich den Gedanken, eine Linie ohne Lineal zu zeichnen, als Verführung bezeichnen würde. Man würde vielleicht denken, ich sei extrem bescheiden."

Aber auch diese linearen Verführungen, wie Ferdinand T sie schmunzelnd benannte, waren nicht angehalten, ihn aus dem Gleis der Disziplin zu bringen. Er wusste, was er tat und wie er es zu tun hatte, und diese Sicherheit war im Lauf von zwanzig Jahren herangewachsen und stellte einen, vielleicht sogar den wichtigsten Pfeiler seines Selbstverständnisses dar. Wenn er neben der Solidität dieser Professionalität, die ihm auch in anderen Berufszweigen gut angestanden hätte, noch etwas wusste, dann war es, dass Neues sich nur langsam, quasi evolutionär assimilieren lässt. Sein vorsichtiges Temperament, das ihn eher zweimal die Schritte in Neuland überprüfen ließ, hätte ihn für keine Karriere als Bilderstürmer qualifiziert, und Revolutionen hatten für ihn immer etwas, das über das rein Begreifbare hinausging.

„Ich kann eine Linie auch nicht willkürlich an einem Punkt unterbrechen und dann sprunghaft weiterführen", sagte er sich, wobei er wiederum so selbstkritisch war zu bedenken, dass vielleicht nicht alle Probleme mit der Metapher einer Linie zu erfassen seien und vielleicht auch das am gestrigen Tag ihm Widerfahrene der Kategorie nichtlinearer Probleme zuzurechnen war. Aber trotz der charmanten linearen Verführungen, die sich noch nicht so gebärdeten, als dass sie als 'lineare Anfechtungen' hätten bezeichnet werden können, war Ferdinand T mit seinem Tagewerk im Großen und Ganzen zufrieden. Er hatte, als er am Abend sein Arbeitsinstrumentarium wieder der ihm zugedachten Ordnung zuwies, zwar noch nicht das Pensum des gestrigen Tages aufgeholt, aber er tröstete sich mit der Vorstellung, dass es heute auch hätte schlimmer sein können, und dass das durch die unerwarteten Ereignisse des gestrigen Tages Ausgelöste sich für ihn auch hätte viel einschneidender auswirken können.

„Was hätte ich nur gemacht", sagte er zu sich, während er sorgfältig, beinahe liebevoll seinen Zirkel einpackte, „wenn ich den ganzen Tag vor meinem schrägen Zeichenbrett gesessen hätte und so von der Vorstellung verfolgt gewesen wäre, einen Roman zu schreiben, dass ich keine gerade Linie mehr hätte ziehen können?

Solche Vorkommnisse sind zwar selten, aber bewegen sich dennoch nicht außerhalb der Realität. Es gibt ja auch Menschen, die so von dem Gedanken, Perfektes und eben auch ein perfektes Bauwerk an Linien zu gestalten, geprägt, letzten Endes beeinträchtigt sind, dass sie jeden Versuch, eine Linie zu zeichnen unterlassen, weil sie eben befürchten, nie sicher sein können, dass eine dergestalt entstandene Linie dem unerbittlichen Anspruch des Linienrichters der Perfektion Genüge tun würde."

Als habe er hier eine Einsicht gewonnen, die Resonanzen im Flussbett der eigenen Erfahrungen auslöste, ohne dass er hätte ausfindig machen können, wo im Einzelnen sich die Linien der Querverbindungen zogen, löste Ferdinand T das große Blatt aus seiner sicheren Haltung, um es in einem eigens konstruierten Regal aufzubewahren.

Eigentlich wäre dies nicht notwendig gewesen, denn seine Zeichnung war im Wesentlichen, wenn auch noch nicht vollständig abgeschlossen. Genauer betrachtet bürdete er sich durch diese Maßnahme eine unnötige Arbeit auf. Dies war ihm bewusst und er wusste auch, dass hier eine kleine Irrationalität dem Trend der effizienten Gestaltung seines Arbeitsablaufs getrotzt hatte und, wäre er auf dieses Ausspannen des Papiers, das genau genommen eine Zuwiderhandlung gegen den Zeitgeist der Zeitökonomie darstellte, aufmerksam gemacht worden und gerügt worden, hätte er keine Entschuldigung vorbringen können. Aber vielleicht hätte er, da er nicht in der Lage gewesen wäre, seine Übertretung abzustreiten, gesagt, dass er sich zu dieser Zuwiderhandlung bekenne. Es ginge ihm nicht darum, im Stillen gegen den Zeitgeist zu opponieren, sondern nur darum, eine ihm selbst schwer definierbare Schwäche anzuerkennen, ja, sich mit ihr zu arrangieren.

Er sei einfach im Lauf der Zeit zu der Schlussfolgerung gekommen, dass er seinen Arbeitstag nur dann ordnungsgemäß abschließen könne, wenn er seinen Zeichentisch, an dem er zuvor einen ganzen Tag gearbeitet habe, leer verließe und in dem Bewusstsein, ihn am nächsten Morgen wieder leer vorzufinden, bevor er ihn erneut mit einem großen Bogen bespanne. Er wisse nicht warum, aber dieser schwer erklärbare Hang zur Leere, der sich in diesem Ritual widerspiegele, sei eine der Merkwürdigkeiten seines Lebens, die allen Erklärungsversuchen standgehalten habe und welche er wohl – wie man so sagt – ins Grab mitnehmen werde.

Entgegen seiner Gewohnheit blieb er an diesem Tag länger als die anderen Mitarbeiter und Mitarbeiterinnen im Büro. Nachdem alle Schritte an der Tür und auch das letzte „Herr T, ich wünsche Ihnen noch einen schönen Abend", verklungen waren, fand sich Ferdinand T in einer Stimmung wieder, die wohl am angemessensten als Nachdenklichkeit bezeichnet werden konnte, obgleich es oft genug ein Charakteristikum jener Stimmung ist, die sich in ihr ablaufenden gedanklichen Prozesse im Einzelnen nicht definieren zu können, und so hätte auch Ferdinand T auf die Frage, worüber er nachdenke, sich entweder gestehen müssen, dass ihm dies noch selbst unklar sei, oder dass sich sein Zustand eben dadurch auszeichne, dass er durch das Vorgehen des Nachdenkens das, worüber er nachdenke, nachzuforschen gedenke. Vielleicht hätte er auch in Anlehnung an einen fernen, wenn auch sehr berühmten geistigen Vorfahren, den Griechen Archimedes, schlicht und einfach gesagt: „Bitte stören Sie jetzt nicht meine Kreise" – eine Antwort, die besagtem Archimedes bekannterweise das Leben gekostet hat.

Der Himmel hatte sich schon die ersten Anwandlungen der Dunkelheit gegeben, als Ferdinand T, noch immer ohne klare Vorstellung darüber, warum er sich eigentlich länger als notwendig im Büro aufgehalten hatte, Anstalten machte, nun doch seinen Arbeitsplatz zu verlassen, ohne jedoch von dem ansonsten sich eher automatisch einstellenden Gefühl geleitet zu sein, nach Hause zu gehen, was wohl bei der Mehrzahl der Menschen, wie er sich ausmalte, auf instinktmäßiger Basis gekoppelt ist. Auch im Büro ließ er durch sorgfältiges Abschließen der Tür die notwendige Vorsicht walten, auch wenn ihn hier ein Einbruch nicht in dem Maß wie im häuslichen Milieu tangiert hätte. Aber es wäre peinlich und seinem Ansehen im Büro nicht förderlich gewesen, wenn man ihm in diesem Punkt eine Nachlässigkeit hätte vorwerfen können.

Noch in der Drehtür, die ihn wieder in die Außenwelt schieben würde, schien es ihm, als würde eine Frage an ihn herangetragen, die in ihrem Charakter Fragen zufällig vorbeigehender Passanten ähnelte, die aber dennoch nicht so zufällig und so fremd war, als dass sie nicht gewisse Ähnlichkeiten an die Ungewöhnlichkeiten des gestrigen Tages hätte durchschimmern lassen: „Warum soll ich eigentlich nach Hause gehen? Ja, warum eigentlich?" antwortete sich Ferdinand T und fügte mit einer Klarsicht, die die Folie der Selbstverständlichkeit durchlöcherte, hinzu, „wenn ich es mir genau überlege, gibt es keinen zwingenden Grund, außer dass es das Naheliegendste ist. Aber genauso gut könnte ich in eine ganz andere Richtung gehen, vielleicht in Richtung des Flusses oder in den Park oder ...", und hier schienen sich schon die Anfänge neuer Dimensionen zu öffnen, „in Richtung des Hauptbahnhofs oder sogar des unweit der Stadt gelegenen Flughafens. Nur, was würde ich am Flughafen anstellen?", kam die ebenso erstaunte Gegenantwort, so, als wägten zwei Stimmen das Für und Wider einer Idee ab, deren einzige Kreditwürdigkeit in ihrer Spontaneität lag. „Aber", argumentierte Ferdinand

T, und gewiss nicht zu Unrecht und in einem Stil, der gleich

die Antwort vorweg nahm, „kann denn Spontaneität als

einziger Maßstab der Dinge gelten? Ich kann doch auch

meine Linien nicht ohne Lineal zeichnen? Natürlich ist es

eine nette Idee, Linien mit der Hand zu zeichnen, genauso

wie es eine nette Idee ist, einmal für einen Abend eine

Spritztour durch die Wolken zu machen, aber was kommt

dann? Werde ich nicht reichlich ernüchtert aus den Wolken

fallen? Und sozusagen böse landen?"

Und als müsste er sich solche Gedanken regelrecht

aus dem Kopf schütteln, bewegte er diesen leicht, strich

sich die Haare über den Kopf, versicherte sich mit einem

Blick nach rechts und links, dass er tatsächlich an einer

Stelle stand, hinter der sich die Drehtür befand, die ihn

gerade in die Außenwelt rotiert hatte, vergewisserte sich

der Uhrzeit und entschloss sich dann, im Fahrwasser des

Üblichen den Heimweg anzutreten, wobei er jedoch, als

Geste der Zuvorkommenheit an das Unübliche, entschied,

sich zunächst seiner Füße zu bedienen, statt an der

nahegelegenen Haltestelle auf die nächste Straßenbahn zu

warten.

Natürlich war ihm alles vertraut, die Straßenzüge, die

Geräusche um diese Tageszeit, in deren Klaviatur eine

spürbare Müdigkeit nach der Hektik des Tages durchklang,

und deren Pulsationen zentrifugaler Natur waren und

das Stadtzentrum entleeren würden, bis es sich erst mit

Anbruch des nächsten Tages im Sog der morgendlichen

Geschäftigkeit wieder füllen würde.

Eigentlich gab es für ihn, Ferdinand T, keine besondere

Veranlassung, den Rhythmus seiner Schritte zu

unterbrechen. Die meisten Schaufenster waren dem Blick

des Vorbeigehenden vertraut und das Meiste interessierte

ihn in der Verfassung, in welcher noch hier und da die

Bruchstücke von Linien oder Kreisen wie Korkstücke auf

den Wellen seines Bewusstseins tanzten, ohnehin nicht.

Aber dann blieb er doch an einem der Schaufenster stehen, wieder ohne klare Vorstellung, warum er seine Schritte zum Stillstand gebracht hatte, ohne dieser Frage oder deren Nichtbeantwortbarkeit allzu viel Raum beizumessen. Er blieb einfach stehen, ohne dass er, wäre er gefragt worden, eindeutig hätte sagen können, dass er es gewesen sei, der im Sinn eines 'Ich bleibe stehen' den Vollzug zum Stehenbleiben gegeben hätte.

Vielleicht war es einfach so, dass alte Bücher auf ihn eine stärkere Ausstrahlungskraft ausübten als moderne. Vielleicht stellte er sich vor, wie viel mehr an sorgfältig erlernter und gepflegter Handarbeit in ihnen zum Ausdruck kam, vielleicht waren es einfach der leicht vergilbte Charakter und Geruch, die über den reinen Inhalt eines solchen Buches hinaus noch mehr den Wandel des Zeitgeists ausstrahlten, als es ihren Epigonen mitgegeben war. Vielleicht regte sich in ihm eine nie gänzlich durchreflektierte Romantik, die es ihm als attraktiv erschienen ließ, einmal in einem anderen Zeitalter gelebt zu haben – und wenn es nichts anderes gewesen wäre, als im Schein einer Kerze ein altes, handgebundenes Buch gelesen zu haben, ein Buch, das viel älter war als er selbst und wohl auch in den Händen liebevoller Pflege wohl noch viel länger als die Spannweite seines eigenen Zeichenlebens überdauern würde. Und vielleicht gingen seine Gedanken so weit, dass er eine Seelenverwandtschaft zu den Mönchen des Mittelalters fühlte, die ein ganzes Leben damit verbracht hatten, in der Abgeschiedenheit klösterlicher Gewölbe Buchstaben zu zeichnen, die aus Kombinationen von Linien und Kreisen bestanden und die mit Jahrhunderte überdauernden Farben angereichert waren. „Vielleicht", erkannte Ferdinand T mit einem Gefühl, das die Endlichkeit der eigenen Existenz gegen den unendlich langen Horizont der Geschichte aufgespannt sah, „bin ich ein zur verkehrten Zeit auf die Welt gekommener Mönch. Vielleicht hat da jemand den Wecker falsch gestellt.

Komisch", dachte er sich, als er sich nach einiger Zeit aus der versunkenen Betrachtung der Auslage des Antiquariats gelöst hatte, „vielleicht steckt in dem Vergleich mit einem Mönch doch mehr, als ich dachte. Wenn ich bedenke, was ich tagaus und tagein tue, erfordert dies vielleicht die gleichen Tugenden, die Mönche aufbringen mussten. Natürlich bin ich nicht religiös, aber vielleicht war auch nicht jeder Mönch religiös und ist es auch nicht so wichtig, dass ich mich an diesem Punkt festbeiße, da ich von der Frage der Religiosität zu wenig verstehe. Frappierend ist für mich nur, dass es überhaupt ein solches plötzliches Gefühl der Ähnlichkeit gibt zwischen einem Mann im Mittelalter, der sein ganzes Leben damit verbringt, einige wenige Bücher zu schreiben und zu illustrieren und mir, der ich

– im Grunde ja auch – ein ganzes Leben damit verbringe, eine endliche Anzahl von Erzeugnissen im Auftrag höherer Mächte zu erstellen. Es kommen mir wirklich merkwürdige Gedanken seit gestern", sagte er noch, wiederum den Kopf schüttelnd, zu sich, als er weiter ging. „Ja, irgendwie ist alles so merkwürdig."

Er entschied sich, vielleicht auch nur wieder, um seiner Willenskraft eine Möglichkeit zu geben, sich durch aktive Entscheidungen zu artikulieren, den letzten Teil seines Wegs statt zu Fuß mit der Straßenbahn fortzusetzen, die dann auch fahrplanmäßig aus der Dämmerung auftauchte und ihm die Chance des Mitgenommenwerdens anbot.

Es war bereits dunkel, als Ferdinand T zu Hause eintraf. Anders als am Vortag, und wieder im Einklang mit seiner üblichen Gewohnheit, schaltete er ohne langes Zögern das elektrische Licht an. Er bereitete sich eine Kleinigkeit zu essen und beabsichtigte dann, sich die Nachrichten anzusehen. Als er jedoch feststellte, dass sie ihn heute nicht zu interessieren schienen, schaltete er das Gerät wieder ab. Ein Anruf eines Bekannten war innerhalb kurzer Zeit erledigt. Ohne diesem Anruf in Gedanken lange nachzugehen, legte Ferdinand T wieder auf.

Eigentlich wusste er nicht so recht, was er heute mit sich anfangen sollte. Auch den Gedanken, zu Bett zu gehen, verwarf er, weil er sich noch nicht müde genug fühlte. Er entschied sich, seinen Körper auf dem Sofa auszubreiten und zog sich, um sich vor dem möglichen Gefühl der Kühle zu schützen, eine Decke über.

Später am Abend, gegen zweiundzwanzig Uhr, klingelte nochmals das Telefon. Für einen Moment wägte Ferdinand T ab, ob er überhaupt den Hörer abnehmen sollte, aber dann tat er es. Er erkannte sofort die Stimme des Gegenübers, einer Frau, mit welcher ihn eine Beziehung verband, die über die einer reinen Bekanntschaft nicht hinausging, weil dies nicht im gegenseitigen Interesse gelegen hätte. Es gäbe eigentlich keinen besonderen Grund für ihren Anruf, sagte seine Bekannte, Hedwig K, in beinahe entschuldigendem Ton, weil sie wisse, dass sie später als geziemend anrufe, aber sie habe seit gestern den Wunsch verspürt zu wissen, wie es ihm, Ferdinand T, ginge.

„Willst du wirklich wissen, wie es mir geht?", wiederholte Ferdinand T.

„Ja", sagte Hedwig K.

„Warum?"

„Ich weiß nicht, einfach so, spontan. Mehr nicht."

„Ach", sagte Ferdinand T.

„Ja, einfach so", betonte Hedwig K.

„Weißt du, es ist nett, dass du fragst, und es ist merkwürdig, dass du mich gerade jetzt anrufst. Aber, wenn du mich so genau fragen würdest – ich könnte es dir gar nicht sagen, wie es mir geht", erwiderte Ferdinand T.

„Wirklich, ist es so?"

„Ja."

„Ist etwas passiert", fragte nun Hedwig K, wobei in ihrer Stimme eine leichte Besorgnis mitschwang.

„Wenn du es genau wissen willst, ja, es ist etwas passiert. Aber nicht im landläufigen Sinn", antwortete Ferdinand T.

„Ach. Und du kannst gar nichts sagen? Ich will dich auch nicht drängen. Einfach so", entgegnete Hedwig K.

„Ich würde es dir gern sagen", erwiderte Ferdinand T, „aber irgendwie kann ich es nicht oder noch nicht. Das Einzige, was ich mit Bestimmtheit sagen kann, ist, dass ich gestern morgen ganz plötzlich und unerwartet eine Art ungewöhnlicher Erfahrung hatte, die mir auftrug, ich sollte einen Roman schreiben und du weißt doch, dass Schreiben nicht meine Stärke ist. Seitdem widerfahren mir

Merkwürdigkeiten. Aber mehr kann ich im Grunde nicht sagen."

Nach einer Weile des Schweigens sagte Hedwig K: „Ferdinand, ich kenne dich nun schon eine Weile. Ich weiß nicht, was es mit dieser Eingebung, oder wie du es nennst, auf sich hat. Aber ich spüre, und ich spüre es sehr deutlich, dass sich dein Leben verändern wird. Dafür habe ich ein Gefühl. Pass gut auf dich auf und du weißt, du kannst mich anrufen. Danke, dass du mir die Wahrheit gesagt hast."

„Danke dir vielmals für dein liebes Angebot", sagte Ferdinand T in einer Stimmung, in der, wie am gestrigen Abend, zarte Wölkchen der Rührung am Nachthimmel aufzogen.

Noch eine Weile lag Ferdinand T im Nachsinnen versunken auf dem Sofa, bis er sich angesichts zunehmender Müdigkeit entschloss, sein Bett aufzusuchen. Auch heute Abend sah er davon ab, zu einer Lektüre zu greifen. Immer wieder kehrten seine Gedanken zu den Ereignissen der letzten beiden Tage zurück, ohne dass er in ihrem Mosaik ein Muster hätte erkennen können.

Noch immer stand ihm der Auftrag, einen Roman zu schreiben, dessen Erfüllung er zwischenzeitlich keinen Schritt näher gekommen war, zwar lebhaft, wenn auch nicht mehr mit der drängenden Intensität des gestrigen Tages vor Augen. Aber noch immer ging von diesem Auftrag ein geheimnisvolles Flair aus, das ihn an ein Orakel erinnerte, dessen Sinn so schwer und vielleicht im Lauf eines Lebens nicht zu ergründen ist.

Und heute früh hatte er so seltsam versunken am Fenster gestanden und dann, während der Schlafwind ihm über die Lider fuhr, um die Vorhänge des zurückliegenden Tages zu schließen, tauchte aus der Fülle der Linien, Kreise und all der rätselhaften Formen des Tages ein Grabstein auf, der schon lang seinem inneren Gesichtskreis entschwunden schien.

Es war der Grabstein seiner Schwester, die verstorben war, als er noch ein kleiner Junge gewesen war.

Es lag alles so viele Jahre zurück, aber plötzlich stand dieser Grabstein wieder vor seinen Augen und er spürte eine Wehmut an ihn herankommen, die von weiten Ufern kam, und einen Wunsch, ja, beinahe eine Sehnsucht, dass sie, die Schwester, noch am Leben wäre, und dass er sie jetzt einfach anrufen könne, um sie zu fragen, wie es ihr in diesem Leben ginge, und ob er ihr erzählen könne, was er seit gestern erlebt habe, und was er nicht verstehen könne … und was sie vielleicht verstehen würde … und selbst, wenn sie es nicht verstünde, weil es nicht zu verstehen sei, ob sie ihm vielleicht glaube, was er sage, er erzähle doch keine Märchen und es sei so wichtig, dass sie ihm glaube.

„Ach, wie sehr wünschte ich mir, mit dir zu sprechen …"

VIII

Als Ferdinand T am nächsten Morgen in das gedämpfte Licht einer in dezentem Grau gehaltenen meteorologischen Situation aufwachte, klangen im Morgennebel der Gedanken noch die Gefühle an seine so früh verstorbene Schwester nach und mischten sich mit dem Erstaunen, dass ihre Gestalt, die schon so lange hinter den Bergzügen der bewussten Erinnerung einen anderen Weg eingeschlagen hatte, so unvermutet und in Begleitung solch spürbar wehmütiger Gefühle gestanden hatte.

„Vielleicht sind dies Anzeichen des beginnenden Alters oder erste Andeutungen für die dritte Lebensphase, wie sie seit Neuerem dank der Aktivitäten der Grauen Panther bezeichnet wird. Ich weiß es nicht", sagte er sich und in diesem Statement schwang ein Unterton mit, der das Nichtwissen oder Nichtverstehenkönnen der Dinge, die ihm seit vorgestern wie Wesen aus einer anderen Ära über den Weg gelaufen waren, widerspiegelte. „Vielleicht ist es Heinrich Schliemann so ergangen", dachte Ferdinand T, „als er eines Tages nach vielen Jahren des Suchens auf die Spuren und den Goldglanz einer versunkenen Welt stieß. Ich weiß es nicht", fügte er hinzu, als wolle er, der ansonsten im Rückenwind eines soliden Wissens über sein weißes Zeichenmeer dahingesegelt war, sich das Ausmaß seines Nichtwissens nochmals bestätigen. „Es fällt mir nicht leicht, anzuerkennen, dass ich doch immer wieder unvermutet auf Bereiche stoße, die so neu und unverständlich sind, dass ich sie gar nicht einordnen kann, und dass ich mich vielleicht auch nicht lang genug auf diesem Planeten werde herumtreiben können, um sie jemals zu begreifen. Aber wie dem auch sei", und hier versuchte Ferdinand T mit einem entschlossenen Griff nach seinem Rasierpinsel sich aus dem Kreisel der sich um das Nichtwissen rotierenden Gedanken befreien zu wollen, „ich werde ein Foto meiner Schwester, Clarissa hieß sie, vergrößern lassen und einen schönen Rahmen finden und das Foto auf meinem Schreibtisch aufstellen, und zwar so, dass am Morgen ein zartes Licht auf das Foto fällt.

Ja, dies ist ein schöner Gedanke und das werde ich tun. Und vielleicht werde ich mich einmal im Frühjahr oder im Sommer an einem windstillen Abend auf den Friedhof begeben, um das Grab aufzusuchen. Ich war schon so lange nicht mehr dort. Aber zuerst möchte ich das Foto zum Ansehen auf den Schreibtisch stellen."

Vielleicht leuchteten am Himmel der inneren Vorgänge noch andere Gedanken auf, die sich auf Ferdinand T's Schwester bezogen, die aber, da sie so kurz und jäh wie Sternschuppen aufflackerten, ohne dass sich ihr weiterer

Werdegang verfolgen ließ, im Verlauf des Morgens zu

erlöschen schienen und sich der Fassbarkeit entzogen,

was Ferdinand T insofern entgegenkam, als er an diesem

Morgen seine inneren Abläufe wieder, mehr als in den

vergangenen beiden Tagen, sich nach dem Takt der

äußeren Routine ausrichten sah. Denn die Akzeptanz von

Diskrepanzen zwischen dem Fluss der inneren Seelenlage

und den äußeren Sachzwängen, wie derlei Ansprüche an

die reibungslose Durchführung bestimmter Maßnahmen

bezeichnet werden, fiel ihm schwer. Wie viel einfacher

war es, eine Übereinstimmung zwischen dem inneren

Notenklang und dem äußeren Sachzwang oder vielleicht

poetisch ausgedrückt, Sachklang, vorzufinden, als eine

solche erst erkämpfen zu müssen.

Und so gelang es Ferdinand T, seine Angelegenheiten

so zügig abzuwickeln, dass er hoffen durfte, sich pünktlich

an der Drehtür des Büros, die die Wasserscheide zwischen

seinem Arbeitsleben und der Differenz zwischen seinem Leben und Arbeitsleben ausmachte, einzufinden. Dank der regelmäßigen und pünktlich vorhersehbaren Atemzüge des Zeitgeists, der die Straßenbahn fahrplanmäßig vor seiner Aktentasche zum Stillstand brachte und ebenso fahrplanmäßig ihre Fahrt wieder fortsetzen ließ, fand er sich pünktlich und in glücklicher Übereinstimmung mit seiner Erwartung an der Drehtür ein, die er ohne allzu große Anstrengung zu einer halben Rotation brachte, die noch nachwirkte, während er, der sich nun in der Geborgenheit des Gebäudes in Richtung seines Bürozimmers bewegte, seine Gedanken schon auf die Leere seines Zeichentischs gelenkt hatte, die es auch heute wieder, wie schon seit zwanzig Jahren und, unter Mitwirkung günstiger Umstände, noch für eine erkleckliche Zeitspanne mit dem Wagnis ungezeichneter Linien, Kreise, Ellipsen und anderer Konfigurationen zu beleben galt.

IX

Gewiss dachte Ferdinand T in den folgenden Tagen und Wochen immer wieder einmal an die Ereignisse, die an jenem besonderen Morgen und in dessen Kielwasser aufgetreten waren. Aber wenn er daran dachte, war es kein bewusstes Denken, sondern ähnelte der Art, in welcher ein Vogel unvermutet vor sein Auge trat, wenn er einmal die Augen von seinem Zeichentisch hochhob, um sie in die Weite gleiten zu lassen. Und so, wie der Vogel schnell wieder aus dem Blickfeld schweben oder sich nach kurzer Rast wieder zu einem ferneren Ziel aufmachen würde, verhielt es sich auch mit Ferdinand T's Gedanken, wenn sie die besagten Ereignisse berührten.

Genauer gesagt waren es eigentlich keine Gedanken, die ihm zu den Ereignissen einfielen, da sie weder neue Einsichten, Einblicke, eine neue Form des Verstehens oder Wissens mit sich gebracht hätten. Im Grunde war es so, dass die Gedanken gedankenlos wie Falken um einen Turm kreisten, bevor sie wieder abhoben, um ihre Augenblicke anderen Objekten oder Lebewesen zuzuwenden. Und so sehr die Falken der Gedanken auch kreisten, der Turm, eben die Aufforderung einen Roman zu schreiben, blieb mit der gleichen unsagbaren, ja, archaisch wirkenden Botschaft in den Landzügen seiner Innenwelt stehen, unverstehbar und unverrückbar – außer dass sie, diese Botschaft, im Verlauf der Zeit ihren anfangs so unausweichlich drängenden Charakter verlor und einer milderen Form der Präsenz Raum gab, so wie die leidenschaftliche Beziehung zu einer Frau, die Ferdinand T einmal vor vielen Jahren erlebt und, um die Wahrheit zu sagen, auch überlebt hatte, sich in samtenes Abendlicht gewandelt hatte, in dem allen Formen die Bewusstheit des Gewesenen, aber auch die Krönung ihrer Bewusstheit in der Zartheit des verschimmernden Lichts anheimgegeben ist. Und so schien er, Ferdinand T, im Fluss der Wochen eine langsame, scheue Vertrautheit zu dem Turm der Romanbotschaft zu entwickeln, der anfangs so erschütternd, ja, erschreckend vehement in die Alltäglichkeit seines Lebensgefühls eingebrochen war. Diese Vertrautheit schien sich sehr langsam zu entwickeln und ohne, dass Ferdinand T hierzu zu besonderen Maßnahmen hätte greifen müssen.

Es erschien ihm, als habe der anfangs so ergreifende Turm eine Wandlung von drohender Wolkenstürmerei in das milde Lächeln des Abendlichts selbst in die Hand genommen und zeigte Ferdinand T, wenn er einmal von seinem Zeichentisch aufsah oder aus dem Straßenbahnfenster auf die Geschäftsstraßen blickte oder bei gelegentlichen

Spaziergängen durch den nahe des Zentrums der Stadt gelegenen Park die einzelnen Schritte seiner Wandlung, als wollte er, der Turm, der unerfüllbaren Aufforderung, ihm, Ferdinand T, dem sprachunbegabten, mit jedem kleinen Wandlungsschritt sagen, dass er, Ferdinand T, sich nicht mehr so viel wie anfangs zu ängstigen habe. „Ich bin zwar ein Turm, aber ich bin nicht ganz so unmenschlich, wie ich am Anfang erscheinen mochte", schien er Ferdinand T in seiner vom Wind umwehten Turmsprache zu bedeuten.

Die Lücke des durch die durch besagten Morgen begründete Unpässlichkeit erzwungenen Arbeitsausfalls hatte Ferdinand T bald wieder geschlossen, sodass es ihm erschien, als habe er an diesem Morgen genauso regelmäßig gearbeitet wie im Verlauf der vielen anderen Tage, deren Gesicht im Fluss der vergangenen Jahre verschwommen war. Wie immer folgte er seinem Ritual, abends den Zeichentisch von dem auf ihn geklemmten Papierbogen zu befreien, um ihn in der Nacht die Leere der Unbedecktheit atmen zu lassen, und wie immer hatte er am nächsten Morgen wieder den Bogen des großen Papiers mit der gleichen Sorgfalt eingespannt, als sei das Papier eine feine Haut, die die Umsicht, die er ihr angediehen ließ, zu spüren vermochte.

Auch zu seiner Abendroutine mit ihrer Staffelung der Einnahme einer leichten Kost, dem eher ziellosen Blättern durch die Zeitung, dem Anschalten des Fernsehgeräts und dem gelegentlichen Betrachten eines Films hatte Ferdinand T wieder zurückgefunden, und auch zu den Abendlektüren leichteren Naturells, die, wie er in langen Jahren entdeckt hatte, dem Kahn seines Bewusstseins einen sanften Stoß zu geben schienen, sich auf die Nachtfahrt zu begeben. Was vielleicht neu hinzukam, ohne dass Ferdinand T dies als ein Novum erachtet hätte, war, dass er – und er bewertete dies mit einem leichten Schmunzeln – hin und wieder, sozusagen spontan, zu einem Märchenbuch griff, denn die Beschäftigung mit einer solchen Materie entsprach eigentlich nicht dem Bild eines Mannes, wie er es selbst gepflegt hatte und wie es auch von der ernstzunehmenden Öffentlichkeit getragen wurde. Da der Griff nach einem Märchenbuch, wenn auch eine Abgleitung in das Kindliche aber im juristischen Sinn kein Vergehen darstellte, gestattete er sich diese Freiheit.

Auch zu seinem Habitus, sich durch das Auslöschen der Nachttischlampe, und ohne das Medium der Kerzen, der Dunkelheit der Nacht anzuvertrauen, hatte er wieder gefunden. Hin und wieder geschah es aber, dass er in der Dunkelheit aufstand, um, ohne einen erklärlichen Grund, sich noch einmal an das Nachtfenster zu begeben.

„Eigentlich kenne ich diesen Blick schon seit zwanzig Jahren", sagte er dann zu sich mit einer leichten Verwunderung. „Vor mir sehe ich in greifbarer Entfernung das Nachbarhaus, dessen Konturen sich in kantigem Schwarz gegen die Tintenbläue des Nachthimmels abzeichnen. Hier und dort strahlt Licht aus den Fenstern und hier und dort sehe ich Menschen im Schein elektrischer Lampen. An manchen Fenstern sind die Vorhänge schon zugezogen. Vielleicht bespricht man dort noch etwas oder legt sich in der gleichen Selbstverständlichkeit wie schon seit Jahren allein oder zusammen ins Bett oder flackert hier oder dort noch ein Gefühl des Sich-gern-Habens. Aber vielleicht weiß ich gar nicht, warum ich jetzt am Fenster stehe, obgleich ich eigentlich im Bett liegen sollte. Vielleicht möchte ich einfach noch ein bisschen in den Nachthimmel schauen und dem Mond, der über den Nachthimmel schwimmt, nachsehen und ihn fragen, wie er sich fühlt, wenn er schon seit Jahren, ja, Jahrzehnten oder Jahrmillionen in dem gleichen Gleichmut immer das Gleiche tut, nämlich, mehr zu sein, als zu scheinen und sich dabei im Kreis zu drehen. Ich weiß es nicht. Vielleicht bin

ich doch ein kleiner Träumer ... auch ... und vielleicht weiß

ich gar nicht, warum ich hier stehe, und in das dunkle Blau

der Nacht schaue und vielleicht ... möchte ich einfach von

einem Vers träumen, weil ich sonst nie träume ... nimm

mich auf die Reise du schöner Silbermond ... du bist auf

deine Weise ... so still und leise ... und scheinst da, wo der

Ferdinand wohnt ... und träumst ganz still und leise ... du

Mond im Silberlicht ... wo Ferdinand liegt im Bett ... noch

nicht ...

   ...und

   ...

   ... und scheine noch ein Weilchen ...

   ... ich schenk dir auch ein Veilchen ...

   ... bleib noch bei mir ...

   ...

   ... ich träume ...

…

…

… auch von dir …

X

Einmal im Frühjahr, als die Sonne Anstalten machte, wieder wärmender in Erscheinung zu treten, war Ferdinand T durch den Stadtpark gelaufen. Eigentlich gehörte er nicht zu den Menschen, die ihre Umwelt mit allzu großem Bedürfnis für die kleinen Details wahrnahmen – mit Ausnahme seines Zeichentischs, wo jeder Punkt sich in der Gewissheit wiegen durfte, seiner Wahrnehmung nicht zu entgehen. Aber heute setzte er seine Schritte mit offenerem Blick als sonst, als spürte er die Wehen des Neuen, das, um mit dem Dichter Mörike zu sprechen, sein blaues Frühlingsband wieder vor dem Bewusstsein flattern ließ.

Plötzlich fiel ihm ein kleiner, orange schimmernder Krokus ins Auge, dem die Herausforderung gelungen war, das Hindernis der weißen Schneedecke zu durchbrechen und der es nun, mit sichtbarem Wohlgefallen, genoss, im Frühlingslicht den Kelch seiner Farbe zu öffnen. Entgegen seiner Gewohnheit hielt Ferdinand T inne und ging auf den Krokus zu. Er beugte sogar den Oberkörper, um sich noch näher an den kleinen Krokus heranzutasten, der eine solch große Herausforderung des Durchbruchs bewältigt hatte, als wollte er ihm seinen Respekt für diese Leistung zollen. „Wie hast du das nur geschafft", sagte Ferdinand T gleichermaßen an sich und den Krokus gewandt, „solche Hindernisse zu überwinden und aus dem verfrorenen Erdreich den Aufbruch zu wagen? Schade, dass du nicht sprechen kannst. Ich hätte es gern gewusst. Ich weiß gar nicht, warum ich so neugierig bin. Aber ich hätte es einfach gern gewusst."

Nachdem er sich noch eine Weile den Krokus so intensiv betrachtet hatte, als wollte er dessen Bild in einem imaginären Blumentopf nach Hause tragen, richtete Ferdinand T seinen Oberkörper wieder auf und lenkte seine Schritte längs des Wegs, der ihn letztlich wieder dem Asphalt der Hauptgeschäftsstraße zuführen würde und damit dem geschäftigen Treiben, das sich – immun gegenüber den Jahreszeiten – durch den Morgen zog.

Als wollte ihm, der schon geduldig vor dem Rot einer Fußgängerampel stand, der Krokus noch nachwinken, stieg in Ferdinand T der Gedanke, die in den Hauch einer Wehmut gehüllte Frage auf, warum er es in seinem Leben unterlassen habe, sich einen eigenen kleinen Garten zu erwerben. Dies hätte nicht außerhalb der Reichweite seiner finanziellen Möglichkeiten gelegen.

Es hätte nur entschlossener Handlungen bedurft, die jedoch über die Durchsicht von Annoncen nicht hinausgekommen waren und immer wieder im Gehege einer schwer fassbaren Unentschlossenheit stecken geblieben waren.

„Es wäre einfach schön gewesen, über einen eigenen Garten zu verfügen und dann ungestört vor den Krokussen zu stehen oder sie in kniender Stellung zu beobachten, überhaupt das Wachsen und Werden der Pflanzen und ihr Mitschwingen im Spiel von Wind und Wolken zu verfolgen und dann zu sehen, wie mannigfache Insekten, Bienen und Schmetterlinge von dem Duft angelockt werden und im Licht auf und ab tanzen, als tanzten sie im Wiegen eines unhörbaren Divertimentos. Ich würde mich gern hier und dort an dem Duft der Pflanzen, die in meinem Garten gewachsen sind, erfreuen und vor allem an den Rosen, die ja so vermarktet und verzüchtet sind, aber dennoch irgendwie ihre Schönheit bewahrt haben, und ich würde vielleicht abends hin und wieder im Garten sitzen und dort meine Zeitung durchblättern, und ich könnte vielleicht auch einmal Hedwig K zu einem Plausch einladen.

Da hatte sich wie von geheimnisvoller Hand die Fußgängerampel nach einem schnellen Sprung über das Gelb auf Grün geschaltet und Ferdinand T sowie eine größere Zahl anderer Wintermäntel, Hüte und Schals über die Furt des Zebrastreifens auf das andere Bordsteinufer geführt und damit auch den Gedanken an seinen unerfüllten Gartenwunsch wieder aus Ferdinand T's Bewusstsein geschoben.

Eigentlich hatte, während die Zeit Ferdinand T mehr und mehr den Garben des Sommers entgegentrug, sich an der Mechanik seines äußeren Lebensablaufs wenig geändert. Seine Arbeitsangelegenheiten hatte er weiterhin zur eigenen und der Zufriedenheit seines Chefs verrichtet, und auch zu der seiner ihm anvertrauten Kunden und Kundinnen. Einen Grund, ihm zu kündigen, hätte es nicht gegeben, es sei denn, man hätte einen solchen

erfinden müssen oder die wirtschaftliche Großwetterlage

hätte sich wider allen Erwartens verschlechtert, wozu

nach Übereinstimmung maßgeblicher Auguren keine

Anhaltspunkte bestanden; und selbst wenn, hätten sie im

Grunde genommen nicht bestanden, weil sie eben nicht

vorstellbar waren.

Seine Gemütslage war aus makroskopischer Sicht

weiterhin ausgeglichen und dies spiegelte den gleich-

förmigen Gang der Dinge wider und vielleicht das Faktum,

dass ihn ein gewisses, wohl genetisch vererbtes Naturell

vor dem Hang zu stärkeren Gefühlen bewahrt hatte

und sein Lebensschiffchen immer in der Fahrspur einer

Gelassenheit hatte treiben lassen oder in dieselbe wieder

hatte zurückfinden lassen. Dieser Hang zur Gelassenheit,

auch wenn er durch die Ereignisse des besagten Morgens

temporär überlastet worden war, war derart ausgeprägt,

dass Ferdinand T sich manchmal vorstellte, sogar hoffte, sie möge ihm auch zur Seite stehen, wenn er seine, wie er sich ausdrückte, letzte Reise antreten würde. Vielleicht würde er dann allein sein, weil er wohl schon lang sein Büro verlassen haben würde, vielleicht würde auch im Bekanntenkreis niemand mehr am Leben sein oder sich in ausreichend guter körperlicher Verfassung befinden, um ihm nachzuwinken – aber vielleicht gäbe es doch einen Menschen, vielleicht einen Menschen, den er erst vor seinem Sterben kennenlernen würde, der oder die ihm so nahe kommen würde, wie er dem Krokus im weißen Schnee und im milden Blau dieses Frühlings gekommen war, und vielleicht würde der Anblick des Gesichts dieses Menschen die letzte Begegnung, das letzte über einem Gesicht verhuschende Lächeln sein, das er von dieser Erdenreise mitnehmen würde. Warum kam ihm nur dieser Gedanke? Er wusste es nicht.

Es war einfach so, es geschah so, und zwar ohne dass Ferdinand T sich dessen bewusst wurde, dass hier und da und im Grunde genommen immer wieder in einer dezenten, ja, sogar sanften Art und Weise Flocken neuer Gedanken in sein Bewusstsein schwebten, die Ferdinand T in ihrer Eigenständigkeit genauso wenig wahrnahm, wie ein geübtes Auge allein aus dem Treiben der ersten Schneeflocken noch nicht im ersten Moment die Tatsache wahrnimmt, dass es schneit.

Öfter als früher, wenn er vor dem schrägen Zeichentisch saß, schienen die Gedanken auf dem Rücken der Formen, die er mit gekonnter Hand und sicherer Linienführung auf das weiße Papier zog, sich wie der Rauch über Kartoffelfeuern über das Linienspiel zu erheben und in die Höhe und in die Ferne zu wandern, auch in die Vergangenheit seines Lebens, jedoch so, dass die Vergangenheit weniger im Farbton des Vergangenen schimmerte, als er es bisher erlebt hatte.

Es schien ihm manchmal, als ob die Vergangenheit in das Gewand der Gegenwart geschlüpft sei, um sich moderner und attraktiver vor seinem kritischen Auge darzustellen. Auch Rembrandts Mann mit dem goldenen Helm schien ihm aus dem unnachahmlichen Licht, in das er getaucht war, aus zwei Augen anzusehen, dem der Vergangenheit und dem der Gegenwart, und dies wiederum in einer Wesensform, die ihn, Ferdinand T, ob ihrer Gleichzeitigkeit hätte verwirren können, aber es dennoch nicht tat.

„Das Wichtige ist nur, dass ich nicht in eine Verfassung gerate, in der ich nicht mehr den Unterschied zwischen zwei Linien erkennen kann. Welche Linie ich zuerst gezogen habe, ist dann nicht mehr so wichtig, weil die Linien ja ohnehin kein Zeitbewusstsein haben, aber ich muss wissen, wie sie gewichtet sind, sonst verliert das Design sein Gefühl für den Raum", sagte er zu sich und arbeitete in dem Spannungsfeld, das sich zwischen den zeichnenden

Händen und den ihren eigenen Fäden folgenden Gedanken auftat, unbeirrt weiter. „Vielleicht sind, was die Hände und was der Kopf ausführen, einfach verschiedene Welten, und solang die Gedanken nicht meine Linien und Kreise stören, lasse ich sie gewähren. Es wäre zu aufwendig, würde ich mich nur darauf konzentrieren, die Gedanken zu verscheuchen. Darunter würde meine Konzentration für die Linien leiden. Solang ich mein Pensum erledige, ist es nicht so wichtig, was ich nebenbei denke – das kann niemand nachprüfen und man kann mir auch nicht zur Last legen, wenn sich in mir Vergangenheit und Gegenwart in einer Art und Weise, über die ich selbst keinen Einfluss habe, annähern. Vielleicht ist es einfach das Alter, das den Ende des Bogens, der die lineare Verbindung zu dem anderen Bogenende herstellt, zu einer Annäherung dessen, was einmal war und dem was jetzt ist, führt, sodass das, was einmal war, auch jetzt hätte gewesen sein können ...

vielleicht war der Krokus auch etwas, was jetzt ist, aber auch hätte sein können ... ein Durchbruch, der unabhängig von der Zeit ist, auch wenn er immer im Frühjahr auftritt ... vielleicht ziehen die Linien, die ich zu Papier bringe, auch ihr Wesen nicht nur durch den Raum, sondern durch die Zeit und vielleicht kann die Linie gar nicht anders, als dann, wenn sie berührt wird, auf ihrem linearen Körper die Hand der Gleichzeitigkeit zu spüren ... vielleicht hätte das, was mit mir an dem besagten Morgen geschah, auch jetzt geschehen können, mitten während ich mich anschicke, die Linie durch die Anfügung eines Kreises zu erfreuen und ... vielleicht hätte es auch morgen geschehen können ... oder nie und vielleicht ist damals, als es geschah, viel mehr geschehen, als ich bis jetzt erahnen kann ... und vielleicht ..." Aber da zog ihn ein telefonischer Anruf aus seinen Gedanken zurück auf den Boden des Alltags.

Manchmal stiegen Fragen in ihm auf, wie wohl das eine oder andere, das ihm nicht mehr erinnerlich war, früher gewesen war. Gern hätte er Näheres über damalige Umstände in Erfahrung gebracht, und auch wer und wie er wohl als Kind gewesen war, als sei er, ohne zu wissen warum, als Restaurateur mit der Wiederherstellung eines alten Gemäldes beauftragt worden. Manchmal holte er sein Fotoalbum aus früheren Jahren und blätterte so langsam die Seiten um, als wollte er den langsamen Ablauf der Jahre nachahmen, die damals doch wiederum schnell und gleichzeitig unfassbar versunken an ihm vorbei und durch ihn hindurch geflossen waren, dass er es immer wieder nicht begreifen konnte. „Merkwürdig", dachte er sich, „dass Menschen so gestaltet sind, dass es in ihrer Natur liegt, über so vieles so wenig zu wissen und gleichzeitig wie durch unsichtbare Schranken daran gehindert zu sein, mehr in Erfahrung zu bringen." Gleichzeitig wunderte er sich in einer Art Erstaunen, was Anklänge an das Erstaunen im Gefolge des besagten Morgens erzeugte, wie sehr ihn, den Linienmenschen, dies alles verwunderte.

„Vielleicht", dachte sich Ferdinand T bei anderen Gelegenheiten, die mit der Unvorsehbarkeit zufälliger Ereignisse eintraten und die exakter als ein Heranwehen von Gedanken zu beschreiben wären, „vielleicht hätte es für mich auch noch andere Formen der beruflichen Verwirklichung gegeben. Ich weiß nicht, wie ich auf diesen Gedanken komme, und es ist sicher auch nicht aufgrund einer Langeweile oder von Ermüdungserscheinungen, da meine Tätigkeit eine stille Seite der Ästhetik aufweist, die ich nicht missen möchte, und ich in gewissen Grenzen mein eigener Herr bin, indem ich die vielgestaltigen Linien von eigener Hand ziehe, aber vielleicht hätte es noch andere Seiten in mir gegeben, die bei anderen Windverhältnissen die Wolke der Entwicklung in eine andere Himmelsrichtung gedreht hätten. Vielleicht bin ich auch ein langsamer Mensch, der sich erst jetzt überhaupt solchen Fragen stellt, wobei ich sagen muss, dass es derartige Fragen für mich früher nicht gegeben hat, einfach, weil sie nicht gekommen waren, und ich kann Fragen, die nicht kommen, nicht erzwingen. Denn wie sollte ich Fragen wissen, die ich nicht kenne?

Vielleicht ist eben auch das eine oder andere Interesse, das ich früher einmal gehabt habe", spann Ferdinand T seine Gedanken weiter fort, „in der Tendenz, einen einmal eingeschlagenen Weg sozusagen linear weiter zu verfolgen, unbeachtet am Wegrand liegen geblieben, wobei ich aus der Rückschau heute nicht einmal mehr sagen könnte, was ein geradliniger Weg eigentlich ist. Denn ich gehe ja sozusagen nur fiktiv auf einem geraden Weg und die Zeit – und das weiß selbst ich aus meiner beschränkten Wissensecke heraus – schreitet alles andere als geradlinig voran.

Manchmal könnte man sich denken, sie, die Zeit, wisse selbst nicht so recht, ob und wie sie sich überhaupt bewegt, und manchmal frage ich mich, ob es nicht besser gewesen wäre, man hätte sie angebunden, damit sie einfach einmal still stehenbleibt und einem der allergröbste Unsinn erspart bleibt", sagte er mit einem inneren Tonfall, der beinahe, wäre er nach außen gedrungen, hätte erregt klingen können.

„Aber ich will nicht ablenken. Vielleicht hätte es andere Saiten meines Wesens gegeben, die unter anderen Berührungen in anderer Form zum Klingen gebracht worden wären, und vielleicht hätte ich dann nicht den Beruf eines im Ingenieurhaften verankerten Zeichners ausgeübt, sondern einen anderen. Aber vielleicht wäre ich dann auch ein anderer geworden, ein anderer Mensch sozusagen.

Ich weiß nicht, warum ich jetzt auf solche Gedanken komme. Es hätte mir auch widerfahren können, nie auf solche Gedanken zu kommen. Dann hätte ich mich immer in dem Gefühl bewegt, dass das, was ich tue, das einzig Richtige gewesen ist. Vielleicht wäre es einfacher gewesen, mich so weiter durch die Zeit bewegen zu lassen, ohne diese berufliche Frage in Frage zu stellen. Aber was kann ich tun, jetzt, wo diese Fragen wie ein weißes Schiff am Horizont aufgetaucht sind? Ich habe es ja nicht bewusst angestrebt, die Frage dessen, was in beruflicher Hinsicht hätte anders sein können, aufzuwerfen. Ich habe es zwanzig Jahre nicht getan und welcher Grund bestand, es jetzt zu tun? Aber vielleicht eröffnet die Frage wirklich eine neue Dimension. Vielleicht bin ich, trotz meines Alters, noch nicht so ganz fertig und für Neues geeignet. Vielleicht bin ich mehr, als ich gedacht habe.

Vielleicht bin ich noch nicht so sehr von der Unausweichlichkeit des Zeichnens gezeichnet, wie ich vielleicht meinte. Vielleicht hat der Krokus doch einen schlummernden Punkt berührt. Vielleicht", fügte Ferdinand T mit einer gewissen Nachsicht für seine Schwächen hinzu, „bin ich ein als Mann verkleidetes Dornröschen, das immer noch darauf wartet, von jemandem aus der Linienhecke geweckt zu werden?"

Vielleicht spürte er in diesem Sommer, der dem Frühling gefolgt war, dass er das Blau des Himmels, das warme Gelb der Kornfelder, die er auf seinen gelegentlichen Ausflügen sich ausbreiten und im Wind sich wiegen sah, und den schimmernden Glanz der Nächte intensiver eingeatmet hatte, als in den vielen vorherigen Sommern, die in seinem Erwachsenenleben an ihm vorübergezogen waren, vielleicht mit Ausnahme des einen Sommers, in dessen heißer Umarmung sich die Blüte seiner damaligen Liebe geöffnet hatte; er hätte den Atem dieses Bewusstseins wohl nicht in Worte fassen können. Wie ließe es sich auch in Graden oder Dezibel messen? Dennoch war etwas geschehen, auch wenn es so hauchzart am Horizont sich abzeichnete, dass er es auf seinen Streiftouren in die Weite nicht hätte bewusst wahrnehmen können.

Eines Abends, als sich der Sommer schon dem Ende des August zuneigte, klingelte, nachdem er kurz zuvor von einem Sonntagsausflug zurückgekommen war, das Telefon.

Ferdinand T nahm den Hörer ab. Er erkannte die anrufende Stimme sofort.

„Grüß dich", meldete sich Hedwig K.

„Grüß dich", antwortete Ferdinand T.

„Ich wollte mich nur einmal wieder kurz melden", sagte Hedwig K.

„Ach, schön, dass du anrufst."

„Ja", sagte sie, „ich hoffe, es geht dir gut."

„Danke für die Nachfrage. Du willst es ja immer genau wissen."

„Nur, wenn du willst."

„Aber dieses Mal möchte ich wissen, wie es dir geht", erwiderte Ferdinand T.

„Ach."

„Ja, wenn du Lust hast, es mir zu sagen."

„Eigentlich", antwortete Hedwig K., „war ich so darauf eingestellt, dich zu fragen, wie es dir geht, dass ich jetzt ein bisschen verlegen bin. Aber ansonsten kann ich nicht klagen."

„Ist das alles?", fragte Ferdinand T.

„Im Moment kann ich nicht mehr sagen", erwiderte Hedwig K., „ich bin auch irgendwie erstaunt, dass du, Ferdinand, es heute wissen willst. Ja, ich habe damit nicht gerechnet. Irgendetwas ist neu. Vielleicht hat mich mein Gefühl doch nicht getrogen."

„Meinst du wirklich?", wollte Ferdinand T wissen.

XI

Langsam, aber unabänderlich war der Herbst ins Land gezogen, und selbst die gegenüber dem Karussell der Jahreszeiten eher gleichgültige Stadt konnte sich den kühleren Morgen, dem milderen, aus größerer Ferne winkenden Licht und den in warmen Tönen gehaltenen Farbtupfern an den Bäumen nicht ganz entziehen, und auch die Tatsache, dass die Modeschaufenster schon den Winterpelz ankündigten, war ein Indiz dafür, dass es Herbst geworden war. Ferdinand T folgte, wie immer, dem Rhythmus seiner Tage, die in ihrem Spiel an Linien, sorgfältig eingegrenzt in die Ränder großer Papierbögen, dahinflossen.

Vielleicht wirkte die Wärme des Sommers, die er dieses Mal tiefer als seit langen Zeiten eingeatmet hatte, noch nach, vielleicht war es eine plötzliche Eingebung, dass er, als er gegen Ende September des gleichen Jahres von seiner linearen Tätigkeit zum Fenster aufschaute und in das in samtenem Licht schwimmende Blau des Septemberhimmels sah, den Wunsch verspürte, sich noch einige, ihm zustehende Urlaubstage zu gönnen. So überraschend ihm diese unvermutete Idee auch war, sie schien gleichzeitig auch das Reiseziel anzukündigen, eine südlichere Region, wobei es sich ganz im Rahmen von Ferdinand T's Naturell bewegte, das Maß der Südlichkeit dahingehend einzuschränken, das Reiseziel im Norden des anvisierten Südens zu lokalisieren, und diesem Kriterium entsprachen die oberitalienischen Seen, mit denen er in 'alten Zeiten' eine vorübergehende Bekanntschaft gemacht hatte.

Den Gedanken, die logistischen Vorbereitungen einem

hierfür zuständigen Reisebüro anzuvertrauen, verwarf

er, nicht nur weil er überrascht war, wie schnell eine

Idee praktische Gestalt angenommen hatte, sondern

weil er sich durch einen solchen Grad an Organisiertheit

eingeengt gefühlt hätte. Wenn die ihm zugeflogene Idee

schon die Reiseregion quasi determiniert hatte, wollte er

doch der Vorstellung von der freien Verfügung des Willens

insofern anhängen dürfen, als dass er das exakte Ziel

selbst bestimmen wollte, auch wenn er aus hinreichender

Lebenserfahrung wusste, dass dieses sich nur wieder im

Zusammenwirken zahlreicher Kräfte, einschließlich des

stets mitmischenden Zufalls herauskristallisieren würde.

„In dieser besonderen, aus dem Zufall schaumgeborenen

Vorstellung von freier Willensentscheidung liegt wohl auch

der besondere Reiz", gab er sich in einer Anwandlung zu

verstehen, die insofern riskant war, als sie ihn von der

praktischen Verwirklichung seiner Urlaubsgestaltung hätte weglocken können, die ihn aber eine besonders ehrwürdige Nähe zum Hauch des Philosophischen spüren ließ. „Vielleicht", erschien es ihm aufgrund der unvermuteten Kombination von Reiselogistik und der Logik von Gedankenflügen, die aus dem Blau des Himmels aufgestiegen zu sein schienen, „ist es an der Zeit, einmal in den Süden, das heißt in den Norden des Südens, zu fahren, um zu philosophieren. Warum nicht? Ich habe zwar keine Ausbildung in diesem Metier und ich bin bislang immer verreist, um zu reisen. Aber vielleicht verreise ich dieses Mal nicht nur, um zu reisen, sondern auch, um einmal etwas zu tun, was ich bislang noch nie getan habe: um zu philosophieren.

Vielleicht nenne ich es, damit es nicht zu anspruchsvoll klingt: vielosovieren, sozusagen auf den Pfaden meiner eigenen Vielosovie zu wandeln." Dann wandte sich

Ferdinand T wieder der Aufgabe zu, Linien exakt auf die weiße Papierfläche und in dergestalt exakte Verhältnisse zueinander zu bringen, dass sie sein ästhetisches Bedürfnis befriedigten.

Da sich die Idee eines philosophisch angehauchten Herbsturlaubs zur Verwunderung von Ferdinand T als resistenter gegenüber den Herbstwinden als die gelben Blätter erwies, ja, sich schon innerhalb kurzer Zeit zur Gewissheit einer Selbstverständlichkeit formiert hatte, leitete Ferdinand T die zu ihrer Durchführung notwendigen Schritte bald in die Wege, deren wichtigster der war, seinen Urlaub dem Büro zur Mitteilung zu bringen.

Da sein Urlaubswunsch auf keinen Widerspruch stieß und nur von der halb interessierten oder halb desinteressierten Frage begleitet wurde, wo es denn hingehe, da die Vollsaison schon vorüber sei, einer Frage, der sich Ferdinand T mit dem Hinweis entzog, dass dies genau der

Grund sei, weswegen er erst jetzt, das heißt im Herbst in Urlaub fahre, war hiermit, und zwar ohne besondere Anstrengung, das wesentliche Hindernis, das seiner Reise im Weg gestanden hätte, überwunden.

Da die besondere Kombination aus Bestimmtheit und Unbestimmtheit des Reiseziels zwar für Ferdinand T ein akzeptabler, sogar mit einem geheimnisvollen Reiz versehener Umstand war, welcher ihm am Fahrkartenschalter der für das Bahnwesen zuständigen Organisation in eine erhebliche Schieflage hätte bringen können – denn welcher sich ernst nehmende Fahrkartenausstellungsbeamte würde den Wunsch eines potenziellen Fahrgasts nach einem Ticket in den 'Norden des Südens' mit einem der Sachlage angemessenen Ernst bearbeiten, einschließlich eventueller Nachfragen bezüglich Sondertarifen –, sah Ferdinand T doch die Notwendigkeit eines gewissen Maßes an Vordenken. Wenn er beim Einsteigen in den Zug das

Denken, das im Zusammenhang mit einem erfolgreichen Transport seines Körpers im Sinn eines menschliches Gutes vom Hauptbahnhof seiner Stadt bis zu einem anderen, noch ungewissen Bahnhof, Hauptbahnhof oder gar Kopfbahnhof den Händen der Bahnverwaltung anvertraute, lag es in seinem Interesse, sich über die exakte Lokalisierung des Ankunftsortes Gedanken zu machen.

Nach längeren Überlegungen, deren Für und Wider im Einzelnen nachzugehen den gleichen schwer erklärbaren Charme aufwies wie das Abwägen von Zügen beim Schachspiel, fand Ferdinand T zu einer Lösung, die ihn an die Quadratur des Kreises erinnerte, nämlich auf elegante Weise die präzise Bestimmung eines Zielbahnhofs mit der Offenheit einer Zielunbestimmtheit zu vereinen.

Der ins Auge gefasste Bahnhof in L würde nicht nur dem Fahrkartenbeamten die Konfrontation mit unerträglichen Vagheiten ersparen, sondern ihm,

Ferdinand T, als Sprungbrett für den Vorstoß in die Unbestimmtheit der Reise ins Blaue dienen.

Das Vorbereiten des Reisekoffers war für Ferdinand T, der auf diesem Sektor auf eine erstaunliche Unkompliziertheit blicken konnte, keine besondere Herausforderung. Der Anblick eines im Lächeln der Spontaneität sich wiegenden Koffers stellte jene selige Insel der Unordnung dar, die er sich – vielleicht weil sie jederzeit verschließbar war – als Ausnahme von der goldenen Regel erlaubte. „Wer", so argumentierte er mit seltener Verschmitztheit, „sieht es meinem äußerlich ordentlichen Koffer an, welche Ausgeburt an Unordnung in ihm herrscht? So gehe ich ordentlich unordentlich und bestimmt auf eine unbestimmte Reise."

Eigentlich hatte er am Vorabend des für die Abreise vorgesehenen Tages seinen Koffer gepackt, nachdem er sich im Büro von einigen seiner Mitarbeiter und Mitarbeiterinnen verabschiedet hatte. Entgegen seiner

Gewohnheit hatte er dieses Mal auf die Mitnahme von Reiseführern verzichtet, vielleicht, weil der Urlaub nur für eine Woche geplant war und weil es zu mühsam sein würde, die Reise in die Unbestimmtheit jenem Maß an Bestimmtheit zu unterwerfen, das für Fortschritte auf dem Sektor kunstgeschichtlicher Bildung notwendig ist. Überhaupt hatte er — entgegen seiner Gewohnheit und zu seinem eigenen Erstaunen — davon Abstand genommen, Reiselektüre mitzunehmen, außer einem Wörterbuch, um sich in der auf ihn zukommenden Fremdsprache zumindest auf einer Wort-für-Wort-Basis verständlich zu machen.

Schon als er sich in dem Bewusstsein zu Bett gelegt hatte, seinen Koffer gepackt zu haben, wobei der Begriff des Packens das tatsächliche Geschehen in ein sehr vorteilhaftes Licht rückte, kam ihm ein Gedanke, der ihn in ähnlicher Weise verwunderte wie die Idee, die ihm die Herbstreise souffliert hatte, nämlich, der Gedanke etwas zu tun, was er noch nie getan hatte, weil es nur die Fortführung seiner Arbeit mit anderen Mitteln dargestellt hätte; dieser Gedanke war, seine Farbstifte mitzunehmen. In diesem 'war' lag wiederum ein gewisser Aufforderungscharakter, der über das Imperfekt des 'sein' hinausschwang – eben so direktiv, dass er diesem Gedanken nachging, nochmals aus dem Bett stieg, den Farbkasten suchte und tatsächlich fand, ihn dem restlichen Kofferinhalt hinzufügte und mit dem Gedanken, „ich werde diese Farbstifte sowieso nicht brauchen", sich der Unbestimmtheit der Nacht vor der Fahrt in den 'Norden des Südens' einschlafend anvertraute.

XII

Schon nachdem Ferdinand T die Sicherheit des Zielbahnhofs hinter sich gelassen hatte, fühlte er, der er sich im Spannungsfeld des Abwägens widerstrebender Gedanken über das endgültige Reiseziel gesehen hatte, sich unvermutet von einem Gefühl der Sicherheit, geradezu Vorbestimmtheit getragen, das ihn wie einen Kahn über die Unbestimmtheit der Wellen seinem eben noch in der Offenheit der Ziellosigkeit schwimmenden Ziel entgegenbrachte.

Nachdem er, nicht ohne kurz auf die Ansammlung von Fremdworten, die er in seiner Jackentasche trug, zurückzugreifen, die Schleuse der Rezeption der kleinen Pension, die in Anbetracht der Kategorie dieser Pension aus nicht viel mehr als einem diesbezüglichen Hinweisschild bestand, mit einer sich durch freundliches Gestikulieren auszeichnenden Konversation passiert hatte, fand er sich bald in einer Räumlichkeit wieder, die ihn vielleicht schon beim Betreten derselben spüren ließ, dass sie seinen Vorstellungen, ohne dass er solche vor dem Einlass in das Zimmer gehabt hätte, entsprach, in so ungewöhnlichem Maß entsprach, als hätte sie auf ihn, Ferdinand T, der ziellos angereist gekommen war, gewartet.

Kaum war ihm, nachdem er seinen Koffer abgestellt und die Tür hinter sich geschlossen hatte, der Widerspruch nahe gekommen, wie seltsam es gewesen war, unter der Fahne der Unbestimmtheit in einem solch spürbaren Fahrwasser der Bestimmtheit hier gegen Abend eingetroffen zu sein, als sei die Reiseroute von einer sich dezent im Hintergrund haltenden Reiseagentur in die Wege geleitet worden, zog ihn auch schon der Blick aus dem Fenster an, als böte sich das Panorama, das er zuvor schon im Abendlicht an sich hatte vorübergleiten sehen, in noch intimerem Glanz dar. Während seine Augen noch damit beschäftigt waren, das Bild eines sich weit ausbreitenden und doch in den Grenzen von Uferbeleuchtungen eingerahmten Sees in sich aufzunehmen, und die Begegnung, ja, zarte Berührung zwischen dem stillen Tuch der Wasserfläche und dem Silberlicht der Mondsichel in sich fließen und vielleicht aus dieser so stillen Begegnung der Elemente den Hauch von Worten aufsteigen zu lassen, spürte Ferdinand T, ohne dass er dieser Entwicklung hätte Einhalt gebieten können, wie er langsam und vorsichtig, mit wolkenhaft anmutender Leichtigkeit in einen Zustand geriet, der ihm so fern und doch in dieser Ferne auch wieder so vertraut anmutete, und den er, wäre er ein Dichter und kein 'Linealist' gewesen, wohl am treffendsten mit dem einer Versunkenheit hätte bezeichnen können.

„Vielleicht bin ich, der ich auf so seltsam bestimmte Weise in die Unbestimmtheit gefahren und so weit von meinem üblichen Zuhause fortgefahren bin, irgendwie näher zu mir gereist und vielleicht, ja, es ist wirklich schön hier, vielleicht ist es in Ordnung, wenn ich einfach hier bin, und vielleicht stehe ich einfach noch ein bisschen am Fenster und schaue in diese Silbernacht, und vielleicht werde ich gar nicht vielosovieren und keine Pläne machen und nur die Buntstifte auspacken und benutzen, wenn ich wirklich Lust habe. Und vielleicht werde ich den Koffer nicht auspacken, sondern einfach so stehenlassen, wo er gerade steht, und vielleicht bleibe auch ich einfach hier so stehen, wo ich gerade stehe und schaue durch das Fenster nach draußen und gehe erst später zum Abendessen ... oder vielleicht auch nicht und lege mich später einfach in meinen Kleidern ins Bett und schaue mit den Augen hinaus und sehe den Mond immer hoch und höher steigen und den See später, wenn der Wind noch stiller und sachter

geworden ist, noch mehr im Silber glänzen und noch mehr

in seinem Glanz sich baden, sodass sogar die Wolken voller

Verwunderung den Atem anhalten und stille stehen ...

XIII

Verträumt war Ferdinand T am nächsten Morgen aufgewacht. Nicht, dass er die Vorgänge des vorangehenden Abends nicht hätte rekonstruieren können, aber er verspürte kein Bedürfnis danach. Das Licht des Morgens, das schräg in das Zimmer fiel, sich vortastete und im Verbund mit dem Wind, der sachte die Vorhänge auf und nieder wiegte, mannigfaltige Schatten erzeugte und in ihm das Gefühl hervorrief, in einem Lichtmeer dahinzutreiben, erfüllte ihn und schob, ja, wehte den Sand der Dinge, die ihn sonst beschäftigten, an den Rand seiner Wahrnehmung, die jetzt auf das Fenster, jene magische Grenzlinie zwischen Innen und Außen, gerichtet war. Der Blick auf das Fenster und die schwebenden

Vorhänge, die das, was sie zu verhüllen vorgaben, in einem

Seidenschimmer eher enthüllten, hielt ihn gefangen, wobei

es eine ganz und gar spielerische Form des Gefangenseins

war. Während ihn das behutsame Zusammenspiel von

Morgen, Licht, Wind, Ahnung des Wassers und fremden

Lauten, die wie das Rauschen einer Muschel an ihn

herangetragen wurden, in ihren Bann zogen, zogen sie

ihn auch langsam und umsichtig aus seiner Verträumtheit

in den Glockenklang des Morgens, der ihn in seiner

Sanftheit so sehr berührte, weil er mehr war als nur eine

zwischen das Karussell der Nacht und des Arbeitsbeginns

geschobene Unumgänglichkeit. Sich langsam dem Ufer

der Wachheit nähernd, regte sich in ihm ein Gefühl der

Freude, in den Tag zu steigen, aber dies in einer Art zu tun,

die dem Tag seine Entfaltung zugestehen lassen würde,

wurde ihm, für den Träume keine aufsehenerregenden

Ereignisse waren, sondern Erscheinungen, die manchmal

so seltsam im Ablauf des Lebens zu stehen schienen wie Überlandleitungen in der Landschaft, bewusst, dass er geträumt hatte. Nicht nur, während er dem Licht, dem Wind und bald wohl auch dem Wasser entgegensah, die sich zum Kunstwerk des Tages verschmolzen, dass er sich bewusst war, dass er geträumt hatte. Wider Erwarten war ihm auch der Inhalt seines Traums erinnerlich und als wolle er sich die Wirklichkeit des Geträumten bewusst versichern, sprach er sich den Traum mit leiser, aber hörbarer Stimme vor, wobei er, auch wiederum um die Nahtstelle zwischen der Traumwirklichkeit und der wirklichen Wirklichkeit zu verwischen, die Identität zwischen dem Träumer und dem am Morgen wach im Bett Liegenden zu betonen, sich mit der Anrede 'Ferdinand' bedachte.

„Ich, das heißt der Ferdinand, habe heute Nacht geträumt. Im Traum habe ich eine weite Landschaft mit sanften Hügeln gesehen, wie eine Mittelgebirgslandschaft.

Inmitten der Landschaft stand ein großer, beinahe übergroßer Baum, wie eine Eiche, vielleicht noch majestätischer. Er trug schöne Früchte, die golden im Licht schimmerten. Dann kam ein leichter Wind auf. Es war nur eine Brise und kein Sturm. Er wehte durch die Blätter und erzeugte ein Rascheln, das ich hören konnte. Dann war der Wind so stark, dass eine der Früchte vom Ast gelöst wurde und herunterfiel. Eigentlich ist dabei nichts Ungewöhnliches.

Nachdem die Frucht zu Boden gefallen und durch den Aufprall aufgeplatzt war, sah ich aber, dass es keine gewöhnliche Frucht war, wie beispielsweise ein Apfel, eine Birne oder ein Granatapfel. Denn als ich sie geöffnet sah, sah ich, dass sie mit Buchstaben gefüllt war und dass durch das Aufplatzen einige der Buchstaben um die Frucht verstreut lagen. Es erschien mir, als seien die Buchstaben der Samen dieser Frucht, und dass, wenn ich sie in die Erde pflanzen würde, ein großer Wortbaum entstehen würde.

Ich kann es nicht beschreiben, aber das Bild dieser Frucht

mit den Worten füllte mich mit großem Staunen, mit einer

Verwunderung. Beinahe war ich irgendwie erfüllt, obwohl

dies seltsam klingt. Und ich auch gar nicht weiß, wieso

eigentlich.

Dann war der Traum zu Ende, aber ich habe ihn behalten,

ich, der Ferdinand."

XIV

Ferdinand T spürte, dass er sich in der kleinen Pension, deren Name in der Fremdsprache ausnehmend melodisch klang, wohlfühlte. Mit angenehmer Umsicht und ohne ihn mit eigenen Belangen in Anspruch zu nehmen, führte man ihn in ein Gefühl des Bedachtwerdens ein, das hervorzurufen, sofern ihm dies überhaupt gelang, ansonsten seiner eigenen Initiative überlassen war. Aber hier hatte man ihn mit einem Lächeln, in dem neben dem professionellen Registrieren seiner Frühstücksbedürfnisse auch ein Bewusstsein dafür mitschwang, dass er mehr war als nur eine zweibeinige Scheckkarte, in dem Ambiente des Hauses und des sich in ihm abspielenden Lebens angenommen, ohne ihm die verborgenen Regeln dieses Hauses aufzubürden.

Nein, üppig war das Frühstück keinesfalls, aber es war auch nicht knausrig und lag im Aufwind liebevoller Serviertheit vor seinen Augen. Ferdinand T war sich sicher, dass, wenn sein Hunger das, was sich vor ihm ausbreitete, überstiegen hätte, ihm dies nicht mit einem Vorwurf quittiert worden wäre, sondern mit einer natürlichen, vielleicht ermunternden Toleranz. Da dieser Fall aber nicht eintrat und er sich schon nach einer vergleichsweise ökonomischen Frühstückseinnahme gestärkt fühlte, verließ er bald die Pension, um, ohne das Bedürfnis nach einem Durchdenken des vor ihm liegenden Tages zu verspüren, sich vom Windspiel des Zufalls treiben zu lassen. Dies hatte es sich erdacht, ihn an den See zu führen, wo er bald nach dem Ortsende die Gelegenheit fand, in der Stille der Nachsaison einem Uferpfad zu folgen, der ihn die feste und teilweise steinige Erde unter seinen Sandalen spüren ließ ebenso wie das leichte Dahineilen seine Schritte.

Je länger er voranging und je mehr er die Freundlichkeit der Pension hinter sich ließ, je mehr die Sonne sich in die Höhe schob und je mehr sie seinen Schatten beschnitt, desto mehr verschwamm in ihm das, was um ihn und in ihm war, und desto mehr lösten sich die Töne des Gestern, des Jetzt und des Morgen in einem schillernden Aquamarin der Zeitlosigkeit auf, in dem aus unsäglichen Tiefen ferne Fische an die Oberfläche zu schweben schienen, um bei ihrem Durchstoßen der Oberfläche feine, kreisförmige Linien zu zeichnen, und dann ebenso sprachlos wieder in die Tiefe zu gleiten. Das, was für Ferdinand T noch gestern die Zeit war, die auf der Zeitachse seines Bewusstseins die Widerspiegelungen der Ereignisse, der Abfahrt und der Ankunft vermittelt hatte, und den großen Fluss der Gezeiten, des Tages und der Nacht, in übersehbare Fragmente geteilt hatte – auch dies entglitt ihm im Pendel seiner Schritte auf der Wanderung zwischen der Grenze des Landes und der Grenze des Wassers, einer Grenze, die letztlich so fein ist, dass sie wohl niemals bestimmbar ist, und die ihn in Gefilde treiben ließ, wo die Zeit in unfassbare Horizonte verweht und die Gedanken in Silberschalen versanken. Er dachte nicht mehr. Er sah nur noch und dieses Sehen war ein Öffnen für die Zeitlosigkeit der Zeit, die Unbegrenztheit des Raums, die sich im Feinsten verlierende Grenze, auf der er lief. Vielleicht, wenn er es in Worte gefasst hätte, hätte er gesagt, dass er sich in dem Bewusstsein einer Muschel, die nicht wisse, wann, warum und wie lange sie es getan habe, für die Verlockung des Lichts, den Atem der Zeit und die Bewegung des Raums geöffnet habe, und in diesem Zustand der Öffnung stehe, gehe, ja, sei und fließe er.

Erst spät am Abend kam Ferdinand T zurück in seine Unterkunft. Obgleich dies den üblichen Rahmen der

Pension überstieg, war man bereit, ihm ein kleines, improvisiertes Abendgericht zuzubereiten, das er dann in der Abendstimmung des Hauses, in das Stimmen und Schritte zurückgefunden zu haben schienen, zu sich nahm. Vielleicht stachen einzelne Bilder und Momentaufnahmen aus dem Rückblick des heutigen Tages ab, und vielleicht verspürte er, Ferdinand T, ein Bedürfnis, das eine oder andere dessen, was er erlebt hatte, auch wenn es in keiner Weise spektakulärer Natur gewesen war und sich innerhalb eines konventionellen, touristischen Rahmens bewegte, einem anderen Menschen mitzuteilen und dachte, dass vielleicht seine Bekannte Hedwig K zumindest eine Bereitschaft aufbringen würde, ihm, wie er es empfand, ihr Ohr zu leihen. Aber dann zogen sich solche Gedanken wieder in den Hintergrund zurück, weil er es sich bei distanzierterer Betrachtung nicht erhoffen konnte, das, was und in der Form, wie er es erlebt hatte, in Worte fassen zu können.

„Vielleicht bin ich doch zu sehr ein durch das Zeichnen von Linien und Kreisen und allerlei Formen geprägter, visueller Mensch und vielleicht sind die Worte tatsächlich nicht mein Fluidum", sagte er sich, während er sich noch eine Kartoffel servierte, um mit der Gelassenheit, welche ihm doch auch zur Seite stand, die Unausweichlichkeit seines Befangenseins in einer in Worte nicht übersetzbaren Welt der Bilder sich vor Augen zu halten.

„Vielleicht gibt es auch Menschen, die in Welten von Tönen leben, ohne diese jemals in Worte gießen zu können", tröstete er sich mit jenem Grundprinzip, dass geteiltes Leid, oder wie immer diese Situation zu definieren sei, leichter als ungeteiltes zu ertragen sei.

Wieder nahm ihn, obgleich er den ganzen Tag in der weiten Fantasie der Außenwelt verbracht hatte, beim Betreten seines Zimmers, das inzwischen in der Tat jene Qualität von 'Seinheit' angenommen hatte, die über ein reines kurzlebiges Mietverhältnis hinausging, der Blick aus dem Fenster gefangen, als zöge ihn dieser nicht nur in das sich anbahnende Spiel der erneuten Begegnung zwischen der Spiegelfläche des Wassers und dem Antlitz der Mondsichel, sondern in nachgerade magischer Weise in eine Versunkenheit, in welcher er, Ferdinand T, das Gesicht jenes Ferdinand T würde entdecken können, das vielleicht zwischen den feinen und ausgedehnten Linien, die er über eine bald halbe Lebensspanne auf weiße Papierbögen gezeichnet hatte, sich bislang geschickt verborgen gehalten hatte.

Auch dies war vielleicht für die Augenblicke, die wie alle denkwürdigen Augenblicke ihre Flügel weit über den Punkt des Moments ausbreiten, ein zu hohes Maß an Reflektion.

Im Grunde genommen stand er wieder an der Hand jener Versunkenheit am Fenster, die ihn schon gestern aus dem Schneckenhaus seiner abendlichen Gemütsverfassung gelockt und ihn ermutigt hatte, den Blick ins Freie zu wagen und diesen Blick in sich reflektieren zu lassen. Vielleicht war ihm diese Versunkenheit im Vergleich zum gestrigen Abend ein Quäntchen vertrauter geworden, vielleicht konnte er sich sogar vorstellen, sich am kommenden Abend wieder von ihr verlocken zu lassen, vielleicht war alles, was war, seltsam, überhaupt seltsam, so seltsam, dass es nicht in Worte zu fassen war. Vielleicht sollte es ihn beunruhigen, aber warum eigentlich, es war ihm nichts Schlimmes passiert, und ob er die Zeit in Versunkenheit verbrachte oder am Billardtisch oder in der Kneipe, es war seine Angelegenheit, ach, es war eben neu, aber er war gesund, sein Verstand funktionierte gut, und wenn er sich wie eine Muschel fühlte, ja, seltsam, sehr seltsam, aber so war es eben und eigentlich wusste er, wie das Leben war und eigentlich war manches anders gekommen wie damals mit der großen Liebe in jenem unvergänglichen Sommer ... und eigentlich war es traurig, dass er nie seine Schwester hatte

mit ihm groß werden sehen und eigentlich berührte es ihn

sehr, wie eine Muschel zwischen Erde und Wasser und auch

zwischen der Luft den ganzen Tag in diesem Herbstlicht zu

wandern und eigentlich war sie neu, diese vorsichtige, zarte

Öffnung und er eigentlich kein Mann für Sentimentalitäten,

sondern eher zuständig für Linien, und eigentlich war sie

so neu, diese Form der Öffnung, und eigentlich tat es weh,

sich so offen, so verwundbar zu fühlen. Denn eine Muschel,

die sich öffnet, ist eben auch verwundbar, und eigentlich

war es traurig, dass diese Sommerliebe damals im kalten

Wind der sogenannten Realitäten zerbrochen war, und er

spürte wieder diese Sehnsucht nach ihr und ihrem Atem,

obwohl es schon so viele Jahre her war und so viele lange

Linien verzeichnet worden waren und eigentlich spürte er

auch eine Sehnsucht und eigentlich hatte es auch, ach, und

eigentlich ist …"

Und dann kamen ihm, Ferdinand T, ganz unvermutet und uneigentlich die Tränen. Sie glitten still über seine Wangen, während er angezogen auf seinem Bett lag und dem Stand des Mondes nachsann, der vorsichtig in sein Zimmer in jenem kleinen Ort an einem See im Norden des Südens hereinsah, als schiene der Mond ihn trösten zu wollen in seiner Trauer, die so unvermutet gekommen war und sich eigentlich für einen Mann seines Alters nicht schickte und ihn doch schon lange in namenloser Stille begleitet hatte.

Und dann schlief er irgendwann ein.

XV

Als Ferdinand T am nächsten Morgen aufwachte, hatte er tief geschlafen. Die Trauer, die am gestrigen Abend in sein Bewusstsein geweht war, war noch spürbar. Aber er war auch offen für die Helligkeit des Tages, der inzwischen Anstalten machte, am Himmel hochzuziehen.

„Die Oktoberkühle des Morgens ist zu spüren, aber ich denke der Tag wird wieder warm werden so wie gestern", sagte er sich, als er gleichzeitig registrierte, dass es ihm inzwischen zur Gewohnheit zu werden schien, in Kleidern einzuschlafen. „Ich hoffe, ich werde nicht bald auf die Idee kommen, im Nachthemd meine Spaziergänge zu machen", dachte er und musste fast über die Komik dieses Bildes lachen.

Ähnlich wie am vorigen Tag nahm er auch an diesem Morgen das Frühstück ein und schien sich in seinen Gedanken darauf eingestellt zu haben, einen ähnlichen Streifzug wie den gestrigen zu unternehmen, als er ein Bedürfnis verspürte, nach der Einnahme des Frühstücks wieder sein Zimmer aufzusuchen, und nicht nur aus dem Grund, dem Ritual des Zähneputzens zu folgen, sondern, ja, er wusste eigentlich nicht warum.

Wieder nahm ihn, als er die Zimmertür geöffnet hatte, die Magie des Blicks gefangen, in dessen Rahmen die Vorhänge beschwingt und in Vorfreude auf das Licht und die vom See herrührende Brise tanzten, so natürlich und ohne Scheu, als könne sie auch ein fremder Zuschauer nicht aus der Balance bringen.

Das, was sich vor seinem Auge darbot, in die einfache Formel fassend „ach, es ist so schön hier", und ohne das Ausmaß, in welchem ihn die Schönheit dieses Bildes bewegte, berührte und anrührte, zu erfassen, wusste er, Ferdinand T, der er von weitem in der Unbestimmtheit einer unfassbaren Bestimmtheit angereist gekommen war, sozusagen in das ziellose Blau einer Nachsaison an einen See, der an ein Ufer grenzte, welches sich in der Gewissheit des Landes und begleitet von den wohlwollenden Blicken des Lichts und der Wolken dahinzog und die Tage und die Nächte in das Wiegen der Zeitlosigkeit verschwimmen ließ, wusste er sich kaum noch einer Rührung, ja, Ergriffenheit zu erwehren, eines Gefühls des Überwältigtwerdens durch den unendlichen Frieden des Augenblicks, eines Gefühls, das sich im Nichtbegreifbaren einer Sprachlosigkeit verlor und das in seiner Klarheit den Gedanken, es handele sich um eine bedauernswerte sentimentale Entgleisung, beiseite schob.

Was auch immer unbestimmt gewesen sein mochte, er wusste nun mit Bestimmtheit, dass er, über ein halbes Jahrhundert alt, von Rührung ergriffen war, und diese Rührung, „jetzt muss ich mich erst einmal hinsetzen, diese Rührung, es zieht sich durch mein ganzes Leben ... ich weiß nicht, was es ist ... ich sehe das Fenster, ich sehe den Garten vor dem Haus, der sich bis zum Ufer hinzieht, dort ist eine kleine Ansammlung von Schilf, das sich sacht im Wind und im Wasser wiegt, dort ist ein Boot an einer Boje festgemacht und ein Steg und weit draußen auf der Wasserfläche zieht ein weißes Segel dahin, es ist gebläht, dort draußen muss der Wind stärker sein ... und dort sehe ich dunklere Wasserflächen, weil Wolken dem Himmel das Licht wegnehmen ... und dort ist schon das jenseitige Ufer ... und dort ist dann der Norden ... und da fällt mir ein, dass ich früher einmal dort war, es war in meiner Kindheit und muss so ähnlich gewesen sein, irgendwie so vertraut ist es mir hier, und auch diese friedliche Stimmung und der Mond so rund, und am Ufer entlang streifen. War da Clarissa noch am Leben? Oder war sie schon tot? Ich müsste es nachrechnen, aber es spielt keine Rolle mehr … die Bilder von früher kommen auf einmal, jetzt sehe ich das und diese Szene, ich erinnere mich genau, ich muss damals vier Jahre alt gewesen sein, ich konnte schon gut laufen und sprechen … Worte … jetzt erscheint es mir, als sehe ich plötzlich Dinge, Szenen, die so lang verschlossen waren … ich bin so gerührt, einfach gerührt … es ist, als stünde mein ganzes Leben vor mir … nicht nur die Linien, die ich gezeichnet habe oder das Gefühl, dass es immer in der gleichen Form weitergeht … nein … ich sehe nach draußen, dieser wunderschöne Blick, er ist wirklich wunderschön … und sehe gleichzeitig mein Leben wie im Zeitraffer … ich kann es nicht begreifen ... es ist wie ein Traum, aber es

kann kein Traum sein ... es ist bestimmt kein Traum, ich

sehe alles, wie es ist und war ... ich werde noch keinen

Spaziergang machen, ich bleibe einfach noch hier ... ich ...

ich ... ich bin so gerührt ..."

XVI

Ferdinand T verließ während der ihm verbleibenden Urlaubstage sein Pensionszimmer kaum noch. Mit den Gastgebern hatte er sich dahingehend verständigen können, dass er gemäß Vollpension verpflegt wurde, und wenn er die Pension verließ, dann trotz der ungewöhnlich schönen Herbstwetterlage nur kurzfristig, um dringende Einkäufe zu tätigen. Einmal hatte er eine Postkarte für Hedwig K besorgt und sie mit dem kryptischen Hinweis versehen, dass er an einem bestimmten Ort in einer unbestimmten Verfassung verweile, dass aber die Unbestimmtheit seiner Verfassung für ihn – und dies wisse er mit Bestimmtheit – ein Novum darstelle, und dass er schöne Grüße sende und ihrer mit Dankbarkeit gedenke, und dann hatte er sich in dem naheliegenden Kolonialwarenladen zur Überbrückung der Hauptmahlzeiten hin und wieder Essbarkeiten erstanden.

Er hatte sich mehrmals zum Erstaunen der Kolonialwarenbesitzerin Papierblöcke gekauft, die wohl davon ausgegangen war, dass es sich bei ihrem Kunden um einen extrem briefeifrigen Menschen handeln müsse. Es wäre jedoch unhöflich gewesen nachzufragen, wie er wohl die Zeit erübrigen könne, sich an seinem Urlaub zu erfreuen.

Ferdinand T hatte tatsächlich geschrieben. Seite um Seite hatte er mit seiner Handschrift, deren eher steiler Charakter im Lauf der Tage fließender geworden war, gefüllt. Die Stunden und die Tage waren in einem Auf und Ab erhöhter und verminderter Wachheit vorübergezogen.

War er zu müde geworden, hatte er sich hingelegt und weitergeschrieben, wenn er aufwachte – manchmal im Mondlicht und manchmal im Zenith des Tages. Er wusste nicht, woher die Worte kamen, wie sie in sein Bewusstsein geweht worden waren, woher dieser Strom, der sich in ihn ergoss, seinen Ursprung hatte, und wo er münden würde, ob er jemals münden würde. Aber so sehr es ihn auch am Anfang verwundert hatte, aus dem Fenster schauend die weite Wasserfläche des Sees zu sehen, über die der Atem des Windes strich, und in sich einen Strom zu spüren, ja, zu sehen, der durch die Bergzüge der Sprachlosigkeit gebrochen war und nun Welle um Welle an Worten, Sätzen und Kapiteln in sein Bewusstsein fließen ließ, förmlich goss und schob: Es geschah. Und so sehr alles, was geschah, in einem Antlitz des Staunens stand, so unwirklich es ihm auch anmutete, wenn er wieder einmal, beinahe verschämt, in dem kleinen Kolonialwarenladen nach einem neuen Papierblock fragte und nicht glauben konnte, dass auch dieser bald in Windeseile von Buchstaben erfüllt sein würde, und er manchmal nicht mehr wusste, ob nur allein seine Hände schrieben oder wer oder was in ihm schrieb, ob er, Ferdinand T, es war oder eine ihm unbegreifliche Macht, und wieso sie sich gerade bei ihm ausschrieb, und wieso und wieso und überhaupt wieso, und während Fragen wie Sternschnuppen am Himmel kamen, aber dennoch der Strom an Worten unbeirrt weiterfloss und er zwischendurch – und jetzt war er froh, dass er die bunten Stifte mitgenommen hatte – wie ein mittelalterlicher Mönch einige Kapitelanfänge sorgfältig farbig nachzog, und während es ihn nicht kümmerte, wofür und für wen er schrieb, und während er einfach weiterschrieb, es ihn weiterschrieb, kam ihm am Tag vor seiner Abreise der seltsame Gedanke, dass die vielen Blätter, die er beschrieben hatte, so umfangreich waren.

„Wenn ich alle Blätter übereinander lege, dann ist ein Roman daraus geworden …"

XVII

Das, was Ferdinand T bis zum Abend seiner Abreise zusammengeschrieben hatte, weißen Bogen um weißen Bogen füllend und aus einem Strom an Worten ihm zufließend, dessen Ursprung jenseits des Zugriffs der Begreifbarkeit lag, zum Umfang eines Romans angewachsen, war seine Lebensgeschichte. Als er die Bögen geordnet und übereinander geschichtet hatte, sann er kurze Zeit über einen denkbaren Titel nach.

Er entschied sich für:

DER VERSUCH

Roman einer unvollendeten Lebensgeschichte

von

Ferdinand T

Am Tag seiner Abreise, die – wie schon die Herfahrt
– mit dem Teint der Unbestimmtheit behaftet war, ging
Ferdinand T morgens noch einmal an das Ufer des Sees,
vielleicht um von dem See, dessen fließendes Blau ihn in
diesen Tagen und Nächten so sehr begleitet hatte, Abschied
zu nehmen. Dies tat er auch, und er konnte sich, als er es
tat, des Gefühls nicht erwehren, es als ein über fünfzig
Jahre alter Mann zu tun, den der Wortstrom der letzten
Tage auch in einer neuen Weise an die Ufer des Kindes,
des Jungen geschwemmt hatte, der er einmal gewesen
war – vor so langer Zeit und doch in ihm so nah. Er nahm
Abschied von dem See, als sei er immer auch das, was er

einmal gewesen war, ein kleiner Junge, für den das Blau des Sees immer ein über die Begreifbarkeit hinauswachsendes Staunen gewesen war.

Als er nochmals in 'sein' Zimmer ging, eigentlich nur, um den Koffer abzuholen, ergriff ihn noch einmal die Magie des Blicks, die ihn während der letzten Tage, deren Zeitbogen so weit über die Begrenzung der Stunden und Tage gespannt gewesen war, in ihrem Bann gehalten hatte. Noch einmal zog es ihn an den Schreibtisch und noch einmal schoben sich Worte in sein Bewusstsein, die wie weiße Reiter von fernen Horizonten auf ihn zukamen, und noch einmal spürte er jene Gleichzeitigkeit eines Menschen, der Worte auf einen weißen Bogen schreibt, ohne zu wissen, aus welchen Schalen das Wissen dieser Worte in ihn fließt.

Dieses Mal schrieb er, der bis dahin so viel Briefpapier für einen Roman beschrieben hatte, tatsächlich einen Brief. Er war an seine frühverstorbene Schwester gerichtet.

Der Brief lautete:

Liebe Clarissa,

Es mag irrational oder surreal oder sinnlos klingen, dass ich Dir einen Brief schreibe. Aber vielleicht ist es manchmal so, dass viel Unsinniges irgendwo zu Sinn führt und zu viel Sinn irgendwo auch wieder zu Unsinn, und so mag es sinnvoll oder auch sinnlos sein, dass ich hier an diesem wunderschönen Fensterblick sitze und Dir, die Du schon so lang einen anderen Weg gegangen bist, einen Brief schreibe, den Du nie wirst erhalten können, so sehr ich es mir auch gewünscht hätte.

Warum ich Dir schreibe, hat einfach damit zu tun, dass mir erst in jener denkwürdigen Woche, die gerade hinter mir liegt, und in der aus dem Meer der Unbestimmtheiten so vieles an Gefühlen, an Bildern, an Worten geboren wurde, so deutlich wie noch nie in meinem Leben geworden ist, welche Bedeutung Du für mich gehabt hast, auch wenn Du schon so früh aus meinem Lebensweg gewichen bist. Erst jetzt habe ich ermessen und bis in eine tiefe Erschütterung fühlen können, dass Dein Nichtleben für mich von großer Bedeutung gewesen ist, weil es mehr als ein Nichtleben war, denn in meiner Seele bist Du immer ein Mensch gewesen, der früher einmal tatsächlich gelebt hat und dann wegging, ohne sich ins Nichts aufzulösen, weil es mir offensichtlich nicht möglich war, es so zu sehen.

Du hast in meiner Seele als eine Möglichkeit weitergelebt und mich begleitet, als ein Mensch, der – anders als ich, der sich in zunehmend greifbarere Formen entwickelte – immer ein Kind war, das sich in diese oder jene erwachsene Frau hätte entfalten können. So bist Du in Gedanken letztlich in meiner Nähe gewesen als ein Sinnspiel an Möglichkeiten, während mich der Windschliff der Jahre in kantigere Formen gebracht hat und in Bestimmtheiten, deren Fragwürdigkeit erst jetzt in dieser Woche aufgebrochen sind, und mich wieder in jenen Sand der Unbestimmtheiten

zurückweht, die ich überhaupt erst zu begreifen anfange,

und so ist es wohl vielleicht weniger unsinnig, als es anfangs

erscheinen mochte, dass ich Dir jetzt, in diesem wichtigen

Herbst meines Lebens schreibe, zum ersten Mal und wohl

auch zum letzten Mal.

So sage ich Dir Dank und Lebewohl

Dein Bruder

Ferdinand

Nachdem Ferdinand T diesen Brief geschrieben hatte,

verabschiedete er sich von seinem Zimmer, das nun einen

Platz in seinem Leben erworben hatte.

Er nahm seinen Koffer, dessen ordentliches Äußeres

wie immer das Faible der inneren Unordnung verbarg,

in die Hand, nicht ohne noch einen letzten Blick auf das

Fenster mit seinem magischen Blick geworfen zu haben,

und verabschiedete sich kurz darauf mithilfe einiger kurzfristig erlernter Vokabeln von den Wirtsleuten, die ihn mit ausgesuchter Höflichkeit betreut hatten.

Entgegen seiner üblichen Gepflogenheit winkte er ihnen noch lange nach.

XVIII

Schon wenige Stunden nach Ferdinand T's Rückkehr, die sich ohne Schwierigkeiten gestaltete, klingelte das Telefon.

„Ferdinand, bist du es?"

„Hedwig, schön, dass du anrufst. Woher wusstest du, dass ich heute zurückkomme?"

„Ich habe einfach probiert. Deine Karte hat mich neugierig gemacht. Ich bin neugierig darauf, zu erfahren, was du erlebt hast."

„Bestimmt?", fragte Ferdinand T.

„Ganz bestimmt", entgegnete Hedwig K.

„Aber wenn ich unbestimmter geworden bin?"

„Das ist es ja, was mich neugierig macht."

„Wieso?"

„Es klingt reizvoller, wie soll ich sagen, lebendiger. Ich spüre, dass sich dein Leben ändert und du dich mit ihm …"

„Bestimmt?", fragte Ferdinand nochmals nach.

„Ganz bestimmt, im Sinn deiner Unbestimmtheit."

„Vielleicht ist es wie mit den geraden Linien, die sich in der Unbestimmtheit des Unendlichen wandeln …

Ich spüre, ja, sehe die Silhouette des Wandels, den blauen See unendlicher Möglichkeiten …"

DANK

Mein schwer in Worte zu fassender Dank für ihre Bemühungen, den jahrelang auf einer mit losen Papierbögen ausgelegten Liegestatt im Halbschlaf vor sich hin träumenden Ferdinand T aufgeweckt und aufgerüttelt zu haben, um ihn dazu zu bewegen, sich zu erheben und zu erlauben, sich in das Gewand eines Buches einkleiden zu lassen, gilt Silvia Moser und Dr. Alexandra Kohlhammer-Dohr für ihre wunderbaren, einfühlsamen und ermutigenden Rückmeldungen, Susanne Kraft für ihre feinfühligen, so hilfreich-inspirierenden Textkommentare, Uwe Kohlhammer für sein großes, ideenreiches Talent, den Text in das Layout eines Buches zu verwandeln und

Peter Mittmann für die Großzügigkeit, mir sein malerisches

Foto für das Cover zur Verfügung zu stellen.

ÜBER DEN AUTOR

Dr. med. Peter Heinl Mrcpsych
Arzt für Psychiatrie, Psychotherapie und Familientherapeut

Medizinstudium an den Universitäten Heidelberg, Montpellier (als Stipendiat der Universität Heidelberg), Bochum, Hamburg und Freiburg

Wissenschaftliche Arbeit bei Prof. Dr. Dr. J. C. Rüegg und dem Nobelpreisträger Sir Andrew Huxley OM PRS

Magna cum laude Promotion

DAAD Forschungsstipendiat

Postgraduate Training in Psychiatrie und Psychotherapie am Maudsley Postgraduate Teaching Hospital sowie Sheldon Fellow des Advanced Family Therapy Course an der Tavistock Clinic in London

Klinische und Seminar-, Ausbildungs- und Lehrtätigkeit

Mitglied des Royal College of Psychiatrists, London

International Fellow der American Psychiatric Association

Mitglied des Deutschen Kollegiums für Psychosomatische Medizin

Mitglied des Wissenschaftlichen Beirats Holocaust Center Austria

Patron des Children-in-War Memorial Day Project, London

Mitglied weiterer Fachgesellschaften und wissenschaftlicher Beiräte

Verfasser zahlreicher Publikationen in den Gebieten Muskelphysiologie, Psychiatrie, Psycho- und Familientherapie, Psychosomatik und Psychotraumatologie

Autor der Bücher

„MAIKÄFER FLIEG, DEIN VATER IST IM KRIEG ..."
Seelische Wunden aus der Kriegskindheit

SPLINTERED INNOCENCE
An Intuitive Approach to Treating War Trauma

LICHT IN DEN OZEAN DES UNBEWUSSTEN
Vom intuitiven Denken zur Intuitiven Diagnostik.
Ein Leitfaden in den Denkraum

SCHLAFLOSER MOND
Im Labyrinth des Chronischen Erschöpfungssyndroms

LAVATANZ
Worte im schwebenden Raum

ESTHER K.
genannt Emma.
Eine Märchenfantasie

LICHTSCHNEE
Im Wortraum

DIE TAGE AM WORTSEE
Roman

VERSECIRCUS

Koautor, mit Dr. Hildegund Heinl, des Buches

KÖRPERSCHMERZ – SEELENSCHMERZ
Die Psychosomatik des Bewegungssystems.
Ein Leitfaden

BÜCHER VON HILDEGUND HEINL UND PETER HEINL

IM THINKAEON VERLAG

Neu erschienen als Buch und als EBook

UND WIEDER BLÜHEN DIE ROSEN

Mein Leben nach dem Schlaganfall

Erstmals erschienen bei Kösel, München, 2001

Heinl, H.: Thinkaeon, London, 2015 (Neuauflage)

Erhältlich über www.Amazon.de

Peter Heinl

„MAIKÄFER FLIEG, DEIN VATER IST IM KRIEG ..."

Seelische Wunden aus der Kriegskindheit

Heinl, P.: Kösel, München, 1994, 8. Auflage

Neu erschienen als Buch und als EBook

„MAIKÄFER FLIEG, DEIN VATER IST IM KRIEG ..."

Seelische Wunden aus der Kriegskindheit

Erstmals erschienen bei Kösel, München, 1994

Heinl, P.: Thinkaeon, London, 2015

Erhältlich über www.Amazon.de

KÖRPERSCHMERZ-
SEELENSCHMERZ

Die Psychosomatik des
Bewegungssystems

Ein Leitfaden

Heinl, H. und Heinl. P.: Kösel, München 2004
6. Auflage

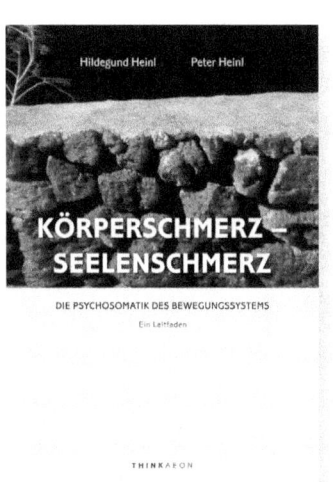

Neu erschienen als Buch und als EBook

KÖRPERSCHMERZ-
SEELENSCHMERZ

Die Psychosomatik des
Bewegungssystems

Ein Leitfaden

Erstmals erschienen bei Kösel, München, 2004

Heinl, H. und Heinl. P.: Thinkaeon, London,
2015 (Neuauflage)

Erhältlich über www.Amazon.de

Neu erschienen als Buch und als EBook

LICHT IN DEN OZEAN
DES UNBEWUSSTEN

Vom intuitiven Denken zur Intuitiven Diagnostik

Ein Leitfaden in den Denkraum

Heinl, P.: Thinkaeon, London, 2014

Erhältlich über www.Amazon.de

Soon available

LIGHT INTO THE OCEAN
OF THE UNCONSCIOUS

From Intuitive Thinking to Intuitive Diagnostics

A Path into the Realm of Thinking

Heinl, P.: Thinkaeon, London, 2017

Soon available via Amazon

Neu erschienen als Buch und als EBook

SPLINTERED INNOCENCE

An Intuitive Approach to Treating War Trauma

Erstmals erschienen bei Routledge,
London New York, 2001

Heinl, P.: Thinkaeon, London, 2015

Erhältlich über www.Amazon.de

Neu erschienen als Buch und als EBook

SCHLAFLOSER MOND

Im Labyrinth des Chronischen Erschöpfungssyndroms

Heinl, P.: Thinkaeon, London, 2016

Erhältlich über www.Amazon.de

Neu erschienen als Buch und als EBook

LAVATANZ

Worte im schwebenden Raum

Heinl, P.: Thinkaeon, London, 2016

Erhältlich über www.Amazon.de

Neu erschienen als Buch und als EBook

ESTHER K.
GENANNT EMMA

Eine Märchenfantasie

Heinl, P.: Thinkaeon, London, 2016

Erhältlich über www.Amazon.de

Neu erschienen als Buch und als EBook

LICHTSCHNEE

im Wortraum

Heinl, P.: Thinkaeon, London, 2016

Erhältlich über www.Amazon.de

Neu erschienen als Buch und als EBook

DIE TAGE AM WORTSEE

Roman

Heinl, P.: Thinkaeon, London, 2016

Erhältlich über www.Amazon.de

Neu erschienen als Buch und als EBook

VERSECIRCUS

Heinl, P.: Thinkaeon, London, 2016

Erhältlich über www.Amazon.de

www.ingramcontent.com/pod-product-compliance
Lightning Source LLC
Chambersburg PA
CBHW050342030726
47503CB00008B/2573